Gary Paulsen

Lista de honor Premio Newbery

EL HACHA

CUATRO VIENTOS
EDITORIAL NOGUER, S. A.
BARCELONA · MADRID

*A los alumnos del colegio
de Hershey*

Título original:
Hatchet
© *Gary Paulsen, 1987*
© *Editorial Noguer, S. A., 1989*
  Paseo de Gracia, 96. Barcelona
Reservados todos los derechos
ISBN: 84-279-3206-5

Primera edición: abril 1991

Traducción de Jesús Mayor Val
Dibujo cubierta: Neil Waldman
Impreso en España - Printed in Spain
Gráficas Rogar, S. A. - Fuenlabrada
Depósito legal: M. 33.468-1993

I

Brian Robeson clavó su vista abajo a través de la ventanilla de la avioneta en aquella inacabable soledad verde orientada al norte. Era una avioneta, una Cessna 406 —aparato forestal— cuyo motor era tan recio, tan estrepitoso, tan arrollador y estridente que arruinaba cualquier tentativa de conversación.

Tampoco es que tuviese mucho que decir. Tenía trece años y era el único pasajero de la avioneta juntamente con un piloto llamado Jim, Jake o algo por el estilo, ya entrado en la cuarentena y que había permanecido mudo durante los preparativos y maniobras de despegue.

De hecho, desde que Brian había llegado al pequeño aeropuerto de Hampton en Nueva York en el coche conducido por su madre para enlazar con el avión, el piloto únicamente le dirigió cinco palabras.

—Ocupa el sitio del copiloto.

Eso hizo Brian. Habían despegado y ésa fue la última conversación. No faltó naturalmente la emoción inicial. Nunca había volado anteriormente en un monomotor y sentado en el asiento del copiloto con todos los controles frente a él, con los mandos a la vista conforme la avioneta ganaba altura, daba sacudidas bruscas y planeaba en las corrientes de viento cuando el piloto despegaba; había sido atractivo y apasionante. Pero en cinco minutos habían alcanzado los dos mil metros y enfilado hacia el noroeste. A partir de entonces el piloto había permanecido callado, mirando hacia adelante sin desviar la mirada y el zumbido del motor era lo único que seguía persistente: el zumbido y la extensión de árboles verdes, que desfilaban por debajo del morro de la avioneta que se deslizaba hacia el horizonte, salpicada de lagos, zonas pantanosas y errabundos torrentes y ríos.

Ahora Brian estaba sentado mirando por la ventanilla con los oídos atronados por el estruendo del motor e intentando aclarar lo que le había empujado a este vuelo.

Los pensamientos se disparaban...

Siempre empezaban con una sola palabra.

Divorcio.

Era ésta una palabra fea, pensaba. Un desgarrador y repugnante vocablo que significaba peleas y gritos, abogados —Dios, pensó, cómo odiaba a esos abogados que con sus tranquilizadoras sonrisas pretendían explicarle en términos legales cómo todas sus vivencias se venían abajo— y el resquebrajamiento y la demolición de todas las cosas sólidas. Divorcio. Una palabra desmoronadora, una repugnante y quebrantadora palabra.

Divorcio.

Secretos.

No, más que secretos, el Secreto. Lo que él sabía y que no había contado a nadie, lo que él sabía acerca de su madre y que había originado el divorcio, lo que él sabía, lo que él sabía, el Secreto.

Divorcio.

El Secreto.

Brian notó que sus ojos empezaban a escocerle y sabía que habría lágrimas. Había llorado durante cierto tiempo, pero ahora eso ya había pasado. No lloró ahora. En cambio, sus ojos ardían, acudían las lágrimas —esas subrepticias lágrimas que abrasaban—, pero no lloró. Enjugó sus ojos con un dedo y miró al piloto fuera de su ángulo de visión para que no observase la rojez de sus ojos ni las lágrimas.

El piloto permanecía sentado holgadamente, con un leve apoyo de las manos sobre la palanca de mando y sus pies en los pedales del timón de dirección. Parecía una máquina más que un hombre, una prolongación de la avioneta.

En el tablero de mandos, exactamente en frente de él, Brian veía esferas, interruptores, palancas, pulsadores, manivelas, luces, manijas... que se activaban y parpadeaban sin cesar, indicando nada que él pudiera entender y el piloto tenía el mismo aspecto que antes. Una mera parte integrante de la avioneta, nada humano.

Cuando se fijó en Brian y le observó, el piloto pareció franquearse un poco y sonrió.

—¿Habías volado alguna vez en el asiento del copiloto? —Se inclinó, se alzó el auricular del oído derecho y se lo dejó en la sien mientras gritaba para imponerse al ruido del motor.

Brian movió la cabeza en sentido negativo. Nunca había puesto el pie en ningún tipo de avioneta excepto en el cine o en la televisión. Era ensordecedor y aturullante.

—Primera vez.

—No es tan complicado como parece. Una buena avioneta como ésta vuela casi sola. —El piloto se encogió de hombros—. Facilita enormemente mi trabajo. —Cogió a Brian por el brazo izquierdo—. Así, pon tus manos en el volante, los pies en los pedales del timón de dirección y te demostraré lo que te digo.

Brian negó con la cabeza.

—Mejor no.

—Venga, prueba...

Brian alargó sus manos y empuñó el volante con tal agarrotamiento que los nudillos de las manos se le pusieron blancos. La avioneta torció con cierta brusquedad hacia la derecha.

—No tan fuerte. Sujétalo suave, sujétalo suave.

Brian se moderó, redujo la presión. Se olvidó del picor de sus ojos en el mismo momento en que la vibración de la avioneta se transmitía al volante y los pedales. Aquello parecía algo casi vivo.

—¿Ves? —El piloto soltó su palanca de mando, alzó los brazos al aire y retiró sus pies de los pedales para demostrar a Brian que era él solo quien en esos momentos estaba dirigiendo la avioneta.

—Sencillo. Ahora gira el volante un poco hacia la derecha y pisa tu pedal derecho una pizca.

Brian giró la palanca suavemente hacia la derecha y la avioneta al instante se ladeó hacia la derecha y, cuando apretó el pedal derecho, el morro viró en el horizonte hacia la derecha. Aligeró la presión, rectificó el volante y la avioneta se enderezó sola.

—Ahora puedes cambiar. Dirígelo un poco hacia la izquierda.

—Brian giró a la izquierda el volante, apretó el pedal y torció a su posición inicial—. Es fácil. —Sonrió—. Por lo menos esta parte.

El piloto asintió con la cabeza.

—El intríngulis del vuelo es muy simple. Únicamente exige tiempo de aprendizaje. Como cualquier otra cosa. La que sea. —Volvió a hacerse con el control de la avioneta, después alzó su hombro izquierdo y se lo frotó—. El dolor y la pena deben hacerse viejos.

Brian soltó el volante y retiró los pies de los pedales en cuanto el piloto puso sus manos en los mandos.

—Gracias.

Pero el piloto se había vuelto a encajar sus auriculares y la palabra de agradecimiento se desvaneció en el ruido del motor y Brian se quedó como antes contemplando por la ventanilla el océano de árboles y lagos. El escozor de ojos no se repitió, pero sí los recuerdos que se agolparon en forma de avalancha. Las palabras. Siempre las palabras.

Divorcio.
El Secreto.
Peleas.
Ruptura.

La gran separación. El padre de Brian no sabía lo que él, sólo sabía que la madre de Brian quería deshacer el matrimonio. La separación había llegado y acto seguido el divorcio, todo muy rápido, y el tribunal le había dejado con su madre a excepción de los veranos y lo que el magistrado denominaba «derechos de visita». Así de ceremonioso. Brian detestaba a los jueces de la misma manera que detestaba a los abogados. Jueces que se inclinaban en su estrado y preguntaban a Brian si alcanzaba a comprender dónde tenía que vivir y por qué. Jueces que no sabían qué había ocurrido realmente. Jueces con una apariencia de solicitud que nada significaba, lo mismo que abogados que soltaban parrafadas legales que nada significaban.

Brian viviría con su padre en verano. Durante el período escolar con su madre. Eso es lo que el juez dictaminó tras mirar los papeles de su mesa y escuchar la perorata de los abogados. Charlatanería. Palabras.

Ahora la avioneta dio un ligero bandazo hacia la derecha y Brian miró al piloto. Éste estaba restregándose el hombro de nuevo y fue entonces cuando se advirtió en la avioneta un repentino olor a ventosidad humana. Brian se volvió para evitar el azoramiento del piloto que se encontraba evidentemente un tanto desconcertado y violento. Trastornos intestinales probablemente.

Así pues este verano, este primer verano en el que se le permitía ejercer sus «derechos de visita» con su padre, con un único mes de divorcio transcurrido, Brian estaba enfilando el norte. Su padre era un ingeniero mecánico que había diseñado e inventado un nuevo taladro para sondeos petrolíferos, un taladro que se limpiaba y se afilaba automáticamente. Se encontraba en estos momentos trabajando en los campos petrolíferos de Canadá, más arriba de la franja de árboles que marcan el principio de la tundra y el final de los bosques. Brian se acercaba desde Nueva York con un dispositivo auxiliar de perforación —lo habían atado firmemente en la parte trasera de la avioneta junto a un bolso de tela que el piloto llamó equipo de supervivencia y que contenía los pertrechos indispensables por si se presentaba la emergencia de un aterrizaje forzoso—, que había sido fabricado en la ciudad (a propósito, volando en una avioneta comercial con un piloto llamado Jim o Jake o algo por el estilo que había resultado ser un tipo estupendo que le había dejado hasta pilotar).

Salvo lo del tufo. Ahora flotaba en el ambiente una continua fetidez, y Brian echó otro vistazo al piloto sorprendiéndole mientras se frotaba el hombro y ahora también el brazo, el brazo izquierdo, sin dejar de exhalar gases y hacer muecas de dolor. Probablemente algo que comió, pensó Brian.

9

Su madre le había llevado en coche desde la ciudad hasta Hampton para enlazar con la avioneta que había venido a recoger el mecanismo de perforación. Un viaje en silencio, un interminable viaje en completo mutismo. Dos horas y media sentado en el coche contemplando por la ventanilla de la misma forma que ahora estaba mirando por la ventanilla de la avioneta. Una vez tan sólo, después de una hora, cuando ya habían salido de la ciudad, se dirigió a él.

—Oye, ¿no podemos charlar de eso? ¿No podemos hablar de una vez por todas? ¿No puedes decirme qué demonios te molesta?

Y allí estaban las palabras otra vez. Divorcio. Separación. El Secreto. ¿Cómo podía él contarle lo que sabía? Así que se quedó en silencio, movió su cabeza negativamente y siguió con la mirada distraída en el campo sin ver nada. Su madre había continuado conduciendo para volver a hablarle. Sólo una vez más cuando ya estaban próximos a Hampton.

Alargó ella la mano por detrás del asiento y recogió una bolsa de papel.

—Te he preparado algo. Para el viaje.

Brian tomó la bolsa y abrió la parte superior. Dentro había un hacha, ese tipo de hachuela con astil de acero y empuñadura de goma. La cabeza estaba metida en una consistente funda de cuero enlazada con una correa ribeteada de latón.

—Para que te lo cuelgues del cinto. —Su madre hablaba ahora sin mirarle. Había unas cuantas máquinas agrícolas en la carretera y tenía que sortearlas y vigilar el tráfico—. El señor del almacén dijo que podrías utilizarla. Ya sabes. En el bosque con tu padre.

Papá, pensó. No mi padre. Mi papá.

—Gracias. Es bonita de verdad. —Pero las palabras sonaban a hueco incluso a Brian.

—Pruébatelo. Mira a ver cómo te queda en el cinturón.

Y normalmente hubiese dicho que no, normalmente hubiese dicho que no porque eso de llevar una hacha al cinto hacía parecer a uno demasiado pijo. Ésas eran las cosas corrientes que él hubiera dicho. Pero la voz de su madre era delicada, tenía un timbre semejante a algo tan quebradizo que con sólo tocarlo daba la sensación de romperse y se sentía mal no hablándole. Sabiendo lo que él sabía, incluso con el enfado, el candente odio de su enfado con ella, se sentía mal no hablándole y, por complacerla, se soltó el cinturón, tiró del lado derecho, ensartó el hacha y se volvió a abrochar el cinturón.

—Gírate para que pueda verte.

Se dio media vuelta en el mismo sitio sintiéndose un poco ridículo.

Ella movió la cabeza en sentido aprobatorio.

—Como un explorador. Mi pequeño explorador. —Y sintió en su voz la ternura que manifestaba cuando él era pequeño, la ternura que tenía cuando él era pequeño y estaba enfermo con un resfriado y ella le colocaba la mano sobre la frente, y el escozor de ojos le sobrevino de nuevo y se apartó de ella dándose la vuelta y empezó a mirar por la ventana olvidado del hacha de su cinto. Y así llegó hasta la avioneta con el hacha todavía en su cinto.

Como se trataba de un vuelo privado desde un pequeño aeropuerto, no había total seguridad y la avioneta estaba esperando con el motor funcionando cuando llegó. Así que agarró su maleta, el paquete y echó a correr hacia la avioneta sin detenerse a quitarse el hacha.

Todavía seguía en su cinturón. Al principio se sintió incómodo, pero el piloto no comentó nada al respecto y Brian lo olvidó en cuanto despegaron y empezaron a volar.

Más olor ahora. Malo. Brian se volvió para echarle una ojeada al piloto que mantenía ambas manos en su vientre y hacía visajes de dolor, intentando alcanzar su hombro izquierdo otra vez cuando Brian miró...

—No te imaginas, chico... —Las palabras del piloto eran un susurro apenas perceptible—. Mal dolor aquí. Malos dolores. Pensaba que era algo que comí, pero...

Se cortó cuando un nuevo espasmo de dolor le alcanzó. Hasta Brian pudo ver qué mal iba. El dolor obligó al piloto a retreparse en el asiento, apoyado atrás e inclinado hacia abajo.

—Nunca he tenido nada como este...

11

El piloto alargó su mano hacia el interruptor del cable del micro, trazando la forma de un pequeño arco desde su vientre, pulsó el interruptor y dijo:

—Este es el vuelo cuatro seis...

En ese instante se apoderó de él una sacudida como si le hubiesen dado un mazazo, tan violenta que parecía que se estaba aplastando contra el asiento. Brian se incorporó hacia él, no entendía al principio lo que ocurría, no podía entenderlo.

Y luego lo comprendió.

Brian comprendía. La boca del piloto se puso rígida, musitaba incoherencias y sacudía el asiento con una serie de convulsiones. Ahora se sujetaba el hombro. Profería gritos y siseaba.

—¡El pecho! ¡Oh, Dios! ¡Mi pecho se está partiendo!

Brian comprendía ahora.

El piloto estaba sufriendo un ataque al corazón. Una vez Brian iba de compras con su madre por la alameda y un hombre sufrió un ataque al corazón en frente de la tienda del señor Paisley. Se derrumbó en el suelo y se quejaba a gritos de su pecho. Un hombre mayor. Mucho más viejo que el piloto.

Brian comprendía.

El piloto estaba sufriendo un ataque al corazón y, en el mismo momento en que Brian tomaba conciencia del hecho, vio al piloto una vez más darse un golpe violento contra el asiento, una horripilante vez más dio otra brusca sacudida contra el respaldo y su pierna derecha empezó a dar tirones ladeando la avioneta con un repentino balanceo. Su cabeza se inclinó hacia adelante y apareció la saliva. Segregaba saliva por las comisuras de su boca, sus piernas se contrajeron sobre el asiento y sus ojos se volvieron en la cara hasta quedar completamente en blanco.

Sólo lo blanco en sus ojos y la fetidez aumentó, llenó la cabina y todo con tanta rapidez, con tan increíble rapidez que la mente de Brian no pudo captar todo al principio. Pudo verlo tan sólo por etapas.

El piloto había estado hablando apenas hacía unos instantes quejándose del dolor. Había estado hablando.

Luego vinieron las convulsiones.

Las convulsiones que habían abandonado al piloto volvieron. Ahora Brian se encontraba allí sentado y había una extraña sensación de silencio en medio del repiqueteante bramido del motor. Una chocante sensación de silencio y de soledad. Brian estaba paralizado.

Estaba paralizado. Estaba paralizado allí dentro. No era capaz de pensar en nada más allá de lo que veía, de lo que sentía. Estaba totalmente paralizado. Su mismísima alma, lo más íntimo de Brian Robeson se había paralizado y le había cegado con un fogonazo de horror, un horror tan vehemente que su respiración, su pensamiento y casi hasta su corazón se habían paralizado.

Paralizado.

Transcurrieron unos segundos, segundos que supusieron todo en su vida y empezó a enterarse de lo que estaba viendo, empezó a entender lo que veía y, lo que era peor, mucho peor, que quería congelar su mente de nuevo.

Se hallaba sentado en una avioneta forestal ronroneando a dos mil metros por encima de la soledad del norte con un piloto que acababa de padecer un fuerte ataque al corazón y que se encontraba muerto o algo muy parecido a un coma.

Estaba solo.

Estaba solo en la ronroneante avioneta sin piloto.

Solo.

13

II

Brian no pudo hacer nada durante el rato en que fue incapaz de razonar. Aún después, una vez que su mente empezó a reaccionar y pudo comprender cuanto había acontecido, tampoco pudo hacer nada. Era como si sus brazos y piernas fueran de plomo.

Luego buscó la forma de hacer que todo aquello no hubiese sucedido. Despiértate, gritaba en su imaginación al piloto. No tienes más que despertarte y tus ojos se abrirán y tus manos cogerán los instrumentos de mando y tus pies moverán los pedales. Pero nada de esto sucedía.

El piloto no se movía, salvo la cabeza que se balanceaba sobre un cuello totalmente suelto en cuanto la avioneta afrontaba la mínima turbulencia.

La avioneta.

De un modo u otro la avioneta seguía volando. Habían transcurrido unos segundos, casi un minuto y la avioneta seguía volando como si nada hubiese ocurrido sin que él tuviese necesidad de hacer nada.

Ayuda.

Era preciso ayudar.

Extendió una mano hacia el piloto, comprobó que sus dedos estaban temblando, y tocó al piloto en el pecho. No sabía qué hacer. Sabía que existían procedimientos, que se podía practicar el boca a boca a las víctimas y presionar sobre su pecho, pero no sabía el modo de practicarlo con el piloto que estaba encogido sobre el asiento y todavía atirantado con su cinturón de seguridad. Conque tocó al piloto con la punta de los dedos, le palpó el pecho y no sintió nada, ningún latido, ni siquiera la elevación y descenso de la respiración. Lo que indicaba que el piloto casi con seguridad había fallecido.

—Por favor —dijo Brian. Pero ni siquiera supo qué o a quién pedir—. Por favor...

La avioneta dio un nuevo tumbo, topó con una turbulencia mayor y Brian notó que el morro descendía. No se trataba de una caída en picado, pero el morro se vencía ligeramente hacia adelante y el mismo ángulo de inclinación aumentaba la velocidad, y se dio cuenta de que con ese ángulo, con ese insignificante ángulo de caída, terminaría finalmente volando entre los árboles. Podía distinguirlos enfrente mismo, en el horizonte, donde poco antes sólo veía el cielo.

Tenía que hacerse de algún modo con el control. Tenía que dirigir la avioneta. Tenía que dominarse. El piloto había llegado a un estado que sobrepasaba sus posibilidades de acción. Debía intentar hacer volar la avioneta.

Se acomodó en el asiento mirando hacia adelante y colocó sus manos —todavía trémulas— sobre la palanca de mando y posó sus pies con suavidad en los pedales del timón de dirección. Se tiraba de la palanca para que la avioneta se elevase, lo sabía por haberlo leído. Se tiraba siempre hacia atrás en el volante. Dio un tirón y vino hacia él fácilmente. Con excesiva facilidad. La avioneta aumentó su velocidad con la nueva orientación, se lanzó impaciente hacia arriba e hizo sentir a Brian un vacío en el estómago. Empujó el volante en dirección contraria, demasiado esta vez, y el morro de la avioneta descendió por debajo del horizonte y de nuevo el motor impuso mayor velocidad con el ligero cabeceo frontal.

Demasiado.

Tiró hacia sí otra vez, más suave ahora, y el morro se enderezó una vez más, más de la cuenta aunque no con la brusquedad de la otra vez, una pizca en demasía para abajo y otro poco hacia arriba, era coser y cantar, y la parte delantera de la cubierta del motor se niveló. Cuando la tuvo enfilada hacia el horizonte y pareció estabilizada, mantuvo la palanca donde estaba, dejó escape libre a su respiración —que había estado conteniendo todo el rato— e intentó pensar en lo que tenía que hacer acto seguido.

Era un día claro, de un azul nítido, con velludos jirones de nubes diseminados por doquier. Miró por la ventanilla un momento con la esperanza de ver algo, una ciudad o un pueblo, pero no había nada. Sólo el verdor de los árboles, verde sin fin, y lagos y más lagos esparcidos a mayor distancia conforme la avioneta volaba, ¿hacia dónde?

Volaba pero no sabía a dónde, no tenía la mínima idea de hacia dónde estaba encaminándose. Observó el tablero de mandos de la avioneta, estudió las esferas esperando encontrar algo que le ayudara, confiaba dar con una brújula, pero todo era enormemente complicado, un revoltillo de números y luces. Un indicador encendido arriba en el centro del tablero marcaba el número 342, otro junto a ése marcaba 22. Debajo de éstos había contadores con rayas que parecían indicar el movimiento de las alas, si se abatían o se levantaban, una esfera con la aguja señalando el número 70 que pensó, sólo pensó, podría ser el altímetro. El dispositivo que le marcaba la altura sobre el terreno. O sobre el nivel del mar. En alguna parte había leído algo relativo a los altímetros, pero no era capaz de recordar qué, o dónde, o nada que hiciera referencia a todo eso.

Algo a la izquierda y bajo el altímetro vio un pequeño panel rectangular con un indicador óptico y dos interruptores. Sus ojos se pasearon por encima dos o tres veces antes de ver lo que estaba escrito en letras diminutas en la parte superior del tablero. TRANS-MISOR 221, estaba grabado en el metal y esto le sorprendió, por si acaso fuese la radio.

La radio. Claro. Tenía que utilizar la radio. Cuando el piloto había llegado a aquel extremo —no quería obligarse a decir que el piloto estaba muerto, no quería pensarlo—, había intentado utilizar la radio.

Brian miró al piloto. El casco auricular estaba aún en su cabeza, algo ladeado por el apoyo de la cabeza en el respaldo del asiento y el cable enrollado del micrófono estaba enredado en su cinturón.

Brian tenía que coger los auriculares al piloto. Tenía que alargar las manos y coger el casco auricular al piloto o en caso contrario, no podría utilizar la radio para pedir socorro. Debía alargar...

Sus manos empezaron a temblar de nuevo. No quería tocar al piloto, no quería acercarse hasta él. Pero tenía que hacerlo. Tenía que hacerse con la radio. Alzó sus manos del volante, con mucha suavidad, y las sostuvo aguardando para ver qué pasaba. La avioneta seguía volando con toda normalidad, rutinariamente.

Perfecto, pensó. Ahora. Es el momento de hacerlo. Se giró y alcanzó el casco, lo sacó de la cabeza del piloto mientras mantenía la vista en la avioneta no fuera que cayera en picado. El casco salió fácilmente, pero el cable enroscado del micro estaba trabado en el cinturón del piloto y tuvo que tirar para soltarlo. Cuando tiró, golpeó con el codo la palanca, la presionó y la avioneta se inclinó hacia abajo en una suave pendiente. Brian asió la palanca y tiró de ella hacia atrás, demasiado fuerte, así que la avioneta sufrió una serie de retortijones y encabritamientos hasta que pudo someterlo bajo su control.

Cuando la situación estuvo en calma de nuevo, tiró una vez más del cable del micro y finalmente lo desenredó y libró de un estirón. Tardó otro segundo o dos en encasquetarse los auriculares y situar el micrófono tubular enfrente de la boca. Se había fijado cómo lo había utilizado el piloto, le había visto conectar el interruptor del cinturón y conectó su interruptor de igual manera y sopló el micrófono.

Oyó el sonido de su respiración en el casco auricular.

—¡Hola! ¿Me escucha alguna persona? ¡Hola!...

Repitió eso dos o tres veces y a continuación aguardó, pero no oyó nada excepto su respiración.

Le invadió el pánico. Se había asustado, se había interrumpido a causa del terror producido por lo que estaba sucediendo, pero ahora era el pánico el que actuaba y empezó a chillar ante el micrófono, gritos cada vez más agudos...

—¡Socorro! ¡Que alguien me ayude! Estoy en esta avioneta y no sé... no sé... no sé...

Y empezó a mezclar las lágrimas con los gritos, llorando y aporreando con las manos la palanca de mando de la avioneta, provocando que ésta diese una brusca sacudida hacia adelante y luego otra para atrás. Y de nuevo no oía más que el sonido de sus sollozos en el micrófono, sus propios gritos burlándose de él, retumbando en sus oídos.

El micrófono. Un relámpago de clarividencia se le cruzó en la mente. En cierta ocasión había utilizado una radio en el magnetófono de su tío. Uno tenía que desconectar el interruptor del micro si quería escuchar a otra persona diferente. Extendió la mano a su cinturón y movió el interruptor.

Durante unos instantes todo cuando oyó fue el shssssssh de las ondas vacías. Después captó una voz a través de los zumbidos y ruidos parásitos.

—Quienquiera que sea el que esté llamando en esta frecuencia de radio, repito, corte el interruptor del micro, me está tapando, me está tapando. Corto.

Cesó la voz y Brian desconectó el interruptor de su micro.

—¡Te escucho! ¡Te escucho! ¡Soy so...! —Cortó el interruptor.

—Roger. Te tengo. —La voz era muy débil y entrecortada. —Por favor, consigna tu problema y situación. Y di CORTO para indicar el fin de tu transmisión. Corto.

Por favor, consignar mi problema, pensó Brian. Dios. Mi problema.

—Estoy en una avioneta con un piloto que está... que ha tenido un ataque al corazón o algo así... es... no puedo pilotar. Y yo no sé cómo hacerlo volar. ¡Ayúdeme! ¡Ayúde... —Cortó el micro sin finalizar debidamente la transmisión.

Hubo un momento de vacilación antes de la respuesta.

—Tu señal llega con muchos cortes y me he perdido la mayor parte. Entendido... piloto... no puedes volar. ¿Correcto? Corto.

—...perdido señal. Tu situación, por favor. Número de vuelo... situación... to!

—No sé mi número de vuelo ni la situación. No sé nada de nada. Se lo dije ya antes, corto.

Esperaba ahora, esperaba, pero no sucedía nada. Una vez, durante un instante, creyó oír una interrupción en el ruido, un fragmento de palabra, pero pudo haber sido un ruido parásito. Dos, tres minutos, diez minutos, la avioneta zumbaba y Brian permanecía a la escucha pero no oía a nadie. Movió otra vez el interruptor.

—No sé mi número de vuelo. Mi nombre es Brian Robeson y salimos de Hampton, Nueva York, con dirección a los campos petrolíferos de Canadá para visitar a mi padre y no sé qué hacer para hacer volar la avioneta y el piloto...

Se apartó del micro. Su voz estaba empezando a sonar como una matraca y notó como si fuese a romper a gritar en cualquier momento. Respiró profundamente.

—¿Hay alguien escuchándome que me pueda ayudar a dirigir una avioneta? Por favor, responda.

Desconectó otra vez el micro pero no oyó más que el silbido del ruido en los auriculares. Tras media hora de estar escuchando y pidiendo ayuda a voces, se arrancó el casco auricular decepcionado y lo arrojó al suelo. Todo era desesperanzador. Aun concediendo que hubiese podido conectar con alguien, ¿qué hubiese podido hacer? ¿Aconsejarle que tuviese cuidado?

Todo tan desesperanzador.

Intentó entender las esferas indicadoras de nuevo. Creyó que podría saber cuál marcaba la velocidad —había una cifra iluminada que indicaba 160—, pero ignoraba si se trataba de millas o kilómetros por hora, o bien si se refería a la velocidad de desplazamiento por tierra o aire. Sabía que la velocidad aérea era diferente a la terrestre, pero no en qué medida.

Le venían a la mente fragmentos de libros que había leído. Cómo funcionaban las alas, cómo la hélice impulsaba al avión por el cielo. Conceptos elementales que no le iban a servir de nada ahora.

Transcurrió una hora. Recogió el casco y probó nuevamente —era, lo sabía, todo lo que tenía a fin de cuentas—, pero no había ninguna señal de respuesta. Se sentía como prisionero reducido en una estrecha celda que estaba cruzando velozmente el cielo a lo que creía ser 160 millas por hora señaladas —no sabía ni siquiera dónde— en algún sitio concreto hasta...

Eso es. ¿Hasta qué? Hasta que se le agotase el combustible. Cuando la avioneta se quedase sin combustible, iría a pique.

Tiempo.

También podría cerrar la palanca del estrangulador y hacerlo caer ahora. Había visto al piloto empuñar la palanca del gas para acelerar. Si tiraba de la palanca del gas y la retiraba totalmente el motor reduciría mucho la velocidad y la avioneta se vendría abajo. Éstas eran sus opciones. Podía esperar a que la avioneta consumiese el combustible y caer o él mismo podía ahora ahogar el estrangulador y hacer que eso sucediese antes. Si esperaba a que la avioneta apurase el carburante iría más lejos, pero no sabía en qué dirección se estaba moviendo. La avioneta había girado cuando el piloto sufrió el acceso, pero Brian no era capaz de recordar cuánto o si había vuelto luego a su rumbo inicial. Puesto que no sabía el rumbo inicial y únicamente podía adivinar por conjeturas qué esfera era la brújula —la que ofrecía la lectura 342—, ignoraba dónde había estado y a dónde se dirigía, así que no había una gran diferencia entre caer abajo ahora o esperar.

Todo en él se rebelaba contra la idea de parar el motor y provocar la caída. Sentía una vaga sensación de que era una equivocación mantener el rumbo que la avioneta llevaba, una sensación de que podía estar en una dirección equivocada, pero no podía tomar la decisión de detener el motor y caer. Ahora estaba a salvo o más seguro que si caía. La avioneta estaba volando y él aún respiraba. Cuando el motor se detuviese, irían abajo.

De modo que dejó a la avioneta que continuara volando, manteniendo su altitud y siguió probando en la radio. Se trazó un plan. Cada diez minutos del pequeño reloj empotrado en el tablero de mandos probaba suerte en la radio con un sencillo mensaje:

—Necesito ayuda. ¿Hay alguien escuchándome?

En el tiempo que mediaba entre cada transmisión se esforzaba en prepararse para lo que sabía que se acercaba. Cuando se agotase el combustible la avioneta empezaría a descender. Supuso que sin el impulso de la hélice él tendría que mantener el morro inclinado para que la avioneta siguiese volando —pensó que esto lo había leído en algún sitio o que simplemente se le ocurrió; fuese lo que fuese, tenía sentido—. Debería inclinar el morro para mantener la velocidad de vuelo de la avioneta y luego, precisamente momentos antes del choque, debería inclinar el morro en sentido contrario con el fin de detener la avioneta en lo posible.

Todo eso tenía sentido. Planear hacia abajo y después retener la avioneta y chocar.

Chocar.

Tendría que buscar un claro conforme fuera descendiendo. El problema radicaba en que no había visto un solo claro desde que se adentraron volando sobre el bosque. Algunas ciénagas, pero tenían árboles dispersos por todos sitios. Ni carreteras, ni vías, ni claros.

Únicamente los lagos, y se le ocurrió que tendría que utilizar un lago para el aterrizaje. Si caía entre los árboles estaba seguro de que perecería. Los árboles despedazarían la avioneta conforme ésta avanzara entre ellos.

Debería descender en un lago. No. En la orilla de un lago. Tendría que descender cerca de la orilla de un lago e intentar frenar lo más posible la avioneta exactamente antes de chocar contra el agua.

Una cosa es hablar, pensó, y otra llevarlo a la práctica.

Una cosa son las palabras y otras los hechos. Una cosa es hablar y otra actuar. Palabras que se convirtieron en una salmodia que acompasaba el ritmo del motor. Una cosa son las palabras y otras los hechos.

Imposible.

Repitió las llamadas de radio diecisiete veces en intervalos de diez minutos, maquinando entre cada transmisión qué haría. Una vez más alargó la mano hacia el piloto y le palpó el rostro, pero la piel estaba fría, intensamente fría, con un frío de muerte, y Brian se volvió hacia el cuadro de mandos. Hacía lo que podía, se ajustaba el cinturón, se acomodaba, se repetía mentalmente una y otra vez cuál debería ser su forma de proceder.

Cuando la avioneta apurara el carburante debería mantener inclinado el morro y dirigirse hacia el lago más próximo e intentar sostener la avioneta con un vuelo parecido a un planeo por encima del agua. Eso es lo que pensaba. Algo así como un planeo rozando el agua. Y en el momento del topetazo debería tirar de la palanca y frenar la avioneta para reducir el impacto.

Una y mil veces su imaginación revisó la película de cómo iba a ir todo. La avioneta agotando el combustible, la avioneta volando encima del agua, el encontronazo —de las películas que había visto en la televisión—. Intentó visualizarlo. Intentó prepararse.

Pero entre la decimoséptima y decimoctava transmisión, sin mediar aviso alguno, el motor carraspeó, zumbó violentamente durante un instante y se ahogó. Le sucedió un repentino silencio, interrumpido sólo por el sonido del remolino de aire de la hélice y del viento rozando la carlinga.

Brian inclinó el morro de la avioneta hacia abajo y tiró.

III

Voy a morir, pensó Brian. Voy a morir, voy a morir, profería a gritos la totalidad de su cerebro en aquel repentino silencio.

Voy a morir.

Se enjugó la boca con el envés del brazo y mantuvo el morro inclinado. La avioneta pasó a la fase de planeo, un planeo muy veloz que perdía altitud, y, de pronto, no había lagos. No había hecho más que ver lagos en el bosque desde que empezaron a volar y ahora habían desaparecido. Desaparecido. Allí enfrente, muy lejos en el horizonte, podía ver muchos; distantes a izquierda y derecha, todavía más, con su azul reluciente en el sol del avanzado mediodía.

Pero él necesitaba exactamente uno enfrente. Necesitaba un lago delante mismo de la avioneta y todo cuanto divisaba a través del parabrisas eran árboles de un verde mortal.

Si tuviese que virar... si tuviese que virar dudaba si sería capaz de mantener la avioneta en vuelo. El estómago se le contrajo en una maraña de nudos retorcidos y la respiración se convirtió en una ráfaga de algó así como explosiones.

¡Allá!

No precisamente enfrente, sino algo a la derecha, distinguió un lago. Uno en forma de ele con las esquinas redondeadas y la avioneta iba enfilando hacia el lado grande de la ele, desde el principio hasta la parte final. Un tanto a la derecha sólo. Pisó con delicadeza el pedal derecho y el morro giró.

Pero el viraje le restó velocidad y ya para entonces el lago estaba en el mismo morro. Accionó despacio el volante de dirección y el

23

morro se irguió. Esta maniobra hizo disminuir dramáticamente la velocidad de la avioneta y dio la sensación de estar a punto de detenerse y capotar en el aire. Los mandos dieron la impresión de quedarse sueltos y Brian, aterrorizado, tiró de la palanca. Esto produjo un ligero aumento de la velocidad, pero una vez más el parabrisas no ofrecía otro panorama que el de los árboles y dejó el lago al otro lado y fuera de su alcance.

Durante el intervalo de tres o cuatro segundos, las cosas parecieron quedar en suspenso, casi detenerse. La avioneta seguía volando, pero con tal lentitud, tal lentitud... que jamás conseguiría llegar al lago. Brian miró al lateral y vio una pequeña charca y en el borde de la charca cierto tipo de animal grande —un alce pensó que era— de pie en el agua. Cuando se deslizó planeando sobre ellos a cien o ciento cincuenta metros sobre el suelo, todo parecía estático, petrificado, la charca, el alce y los árboles, todo semejante al paisaje de un cuadro.

Luego todo aconteció de golpe. Los árboles inesperadamente se perfilaron con todo detalle, ocuparon la totalidad de su campo de visión con su verde y comprendió que iba a chocar y a morir, a morir. Pero no le abandonó su fortuna y, precisamente momentos antes del topetazo, entró en un amplio callejón, un canal de árboles caídos, un trecho vacío que llegaba hasta el lago.

La avioneta destinada a la toma de contacto, a la colisión, cayó en la vereda vacía como un pedrusco y Brian tiró de la palanca y se dispuso para el encontronazo. Pero todavía quedaba una velocidad muy reducida y, cuando empujó la palanca, el morro se alzó y vio ante sí el azul del lago y, en ese preciso momento, la avioneta sacudió a los árboles.

Se produjo una sacudida muy brusca en cuanto las alas alcanzaron los pinos de los laterales del claro y se partieron desgajándose de la armadura principal del fuselaje. Polvo y suciedad llegaron de sopetón con tanta fuerza a su rostro que pensó que se había producido alguna especie de explosión. Quedó momentáneamente ciego y despedido violentamente de su asiento hacia adelante topando con su cabeza contra el volante.

A continuación un estrépito infernal, desgarramientos de metal y la avioneta, escorada sobre su costado derecho pasó como un soplido entre los árborles por encima del agua hasta llegar abajo, abajo, a colisionar con el lago, dio un bote sobre el agua dura como el cemento, agua que hizo añicos el parabrisas y destrozó las ventanillas laterales, agua que lo aplastó contra el asiento. Alguien gritaba, gritaba conforme la avioneta hendía el agua. Alguien gritaba de forma muy similar a como grita un animal de miedo o de dolor, y no sabía que era el sonido de su propia voz, que vociferaba contra el agua que lo engullía, y la avioneta cada vez más hundida en el agua. Más que ver, sintió el azul, el frío azul-verdoso, y hurgó en el broche del cierre del cinturón de seguridad, se partió las uñas de una mano. Dio estirones hasta que quedó suelto y de alguna forma —el agua intentando asesinarle, terminar con él—, de alguna manera dio un empellón zafándose por la destrozada ventanilla delantera y llegó a arañar el azul, sintió una cosa reteniéndole la espalda, sintió el desgarrón de la cazadora y quedó libre. Desgarradoramente libre, violentamente libre.

¡Pero tan lejos! Tan lejos de la superficie, y sus pulmones no podían soportarlo, no podían aguantar y llegaron al límite, sorbió agua, tragó una copiosa bocanada de agua que le hubiera —al fin— derrotado, al fin atrapado, pero su cabeza estalló en plena luz y vomitó y nadó, braceando sin saber lo que estaba haciendo. Sin saber nadar. Braceando hasta que sus manos atraparon madejas de hierbajos y cieno, braceando y gritando hasta que sus manos agarraron finalmente hierba y matorrales y sintió su pecho sobre la tierra, sintió su rostro en las ásperas hojas de las hierbas y se detuvo. Apareció un color que jamás había visto antes, un color que explotó en su mente con el dolor y desapareció, desapareció de todo aquello, danto vertiginosamente vueltas en el mundo, dando vertiginosamente vueltas en la nada.

Nada.

IV

La memoria era como un cuchillo sajándole muy por dentro de él. Sanjándole muy hondo con odio.

El secreto.

Había estado montando en su bici de diez velocidades con un amigo llamado Terry. Habían estado haciendo un recorrido sobre una bicicleta de todo terreno y decidieron regresar a casa por una ruta diferente, una ruta diferente, una ruta que incluía atravesar la alameda Amber. Brian recordaba todo con increíble detalle. Recordaba la hora en el reloj del banco de la alameda, el destello luminoso indicaba las 3.31, después la temperatura, 28° y la fecha. Todos los números formaban parte de la memoria, todo en su vida formaba parte de la memoria.

Acababa Terry de volverse hacia él para sonreírle por algo, cuando Brian miró por encima de la cabeza de Terry y la vio.

Su madre.

Estaba sentada en un coche ranchera grande, montada en un extraño coche. La vio, pero ella no le vio a él. Iba a hacerle señas con las manos o llamarla con la voz, pero algo le detuvo. Había un hombre en el coche.

Corto cabello rubio, así lo tenía el hombre. Llevaba puesto un tipo de jersey blanco.

Cabello corto y rubio, así lo llevaba el hombre. Llevaba puesto una especie de polo de tenis.

Brian vio esto y más, vio el Secreto y vio más aún posteriormente, pero la memoria acudía a retazos, acudía en instantáneas como ésta: Terry sonriendo, Brian observando por encima de su cabeza para ver el coche y a su madre sentada con el hombre, la hora y la temperatura, la rueda delantera de su bici, el cabello corto y rubio del hombre, el jersey blanco del hombre, los hondamente aborrecidos fragmentos de memoria eran exactos.

El Secreto.

Brian abrió sus ojos y lanzó un grito.

Durante unos instantes no sabía dónde estaba, sólo que todavía estaba en pleno fragor del choque y que iba a morir, y gritó hasta que se quedó sin aliento.

Luego, el silencio lleno de los sollozos que lanzaba al inspirar medio llorando. ¿Cómo podía estar todo tan tranquilo? Hacía unos momentos no había más que ruido, resquebrajamiento, desgarro y gritos, ahora sosiego.

Unos pájaros cantaban.

¿Cómo podían estar cantando los pájaros?

Notó sus piernas húmedas, se incorporó sobre las manos y se fijó en ellas. Estaban sumergidas en el lago. Qué extraño. Estaban dentro del agua. Trató de moverse, pero el dolor se le había hincado dentro y había convertido su respiración en jadeos sincopados y se paró con las piernas todavía en el agua.

Dolor.

Memoria.

Se volvió otra vez y el sol traspasaba el agua. El sol tardío ofuscó sus ojos y se volvió.

Había terminado. El choque.

Estaba vivo.

El choque ha tenido lugar y estoy vivo, pensó. Acto seguido sus ojos se cerraron y bajó la cabeza durante unos minutos que parecieron prolongarse. Cuando los volvió a abrir estaba ya la tarde avanzada y el agudo dolor había remitido un tanto —había muchos dolores latentes— y otra vez volvió a figurarse el choque íntegramente.

En medio de los árboles y sobre el lago. La avioneta había colisionado y se había hundido en el lago y él de algún modo se había librado.

Se incorporó y avanzó a gatas hasta salir fuera del agua gruñendo por el dolor causado por el movimiento. Sus piernas le ardían y sentía su frente como si alguien la hubiese estado machacando con un martillo, pero podía moverse. Sacó las piernas fuera del lago y avanzó a rastras sobre las manos y rodillas hasta que estuvo alejado de la blanduzca orilla y cerca de un matojo de hierba.

Luego, se desplomó, pero esta vez sólo para descansar, para reservar algo de sí mismo. Se tumbó de costado y apoyó la cabeza en un brazo y cerró los ojos porque eso era todo cuanto podía hacer en esos momentos, todo lo que creía que era capaz de hacer. Cerró los ojos y se durmió, sin sueños, con total abandono.

Ya casi no quedaba luz cuando reabrió los ojos. La oscuridad de la noche era densa y durante unos segundos empezó a aterrorizarse. Ver, pensó. Ver lo es todo. Y no podía ver. Pero giró la cabeza sin mover el cuerpo y vio que que al otro lado del lago el cielo estaba un poco grisáceo, que el sol estaba preparándose para aparecer y recordó que era por la tarde cuando se echó a dormir.

—Ahora debe ser la mañana... —musitó con un ronco susurro. Conforme el aturdimiento del sueño le abandonaba, reapareció el recuerdo.

Todavía estaba dolorido, todo el cuerpo dolorido. Tenía las piernas agarrotadas y encogidas, abotargadas y machacadas, y la espalda le dolió cuando intentó moverse. Peor aún era una penetrante palpitación en la cabeza que se intensificaba con cada latido de su corazón. Parecía como si todo el golpe del choque se hubiese producido en el interior de su cabeza.

Rodó sobre su espalda y sintió los costados y las piernas, partes que se movían con lentitud.

Se frotó los brazos; después de todo, nada parecía estar gravemente roto o torcido. Cuando tenía nueve años empotró su pequeña y despintada bici contra un coche aparcado y se rompió el tobillo y tuvo que llevar una escayola ocho semanas, pero no

28

se parecía nada a lo de ahora. Nada roto. Algo magullado por todas partes.

Su frente ofrecía al tacto una hinchazón imponente, como un montículo sobresaliendo por encima de sus ojos y estaba tan blando que si lo rozaba con los dedos casi se le saltaban las lágrimas. Pero no había nada que él supiese hacer con eso, como con el resto de su cuerpo que parecía estar más lleno de contusiones que roturas.

Me mantengo vivo, pensó, me mantengo vivo. Podría haber sido bien diferente. Podría haber venido la muerte. Podría haber fallecido.

Como el piloto, pensó de improviso. El piloto en la avioneta, tragado por el agua, atado con la correa del cinturón de seguridad bajo el agua azul.

Se sentó o, más bien, lo intentó. La primera vez se cayó de espaldas. En la segunda tentativa, en medio de gruñidos de esfuerzo, consiguió alcanzar la posición de sentado y moverse lentamente de costado hasta que pudo apoyar su espalda contra un pequeño árbol donde se sentó encarando el lago, contemplando el cielo que se hacía por momentos más luminoso a medida que se aproximaba la aurora.

Sus ropas estaban húmedas y frías y le sobrevino un ligero estremecimiento. Se colocó alrededor de sus hombros los restos desgarrados, en realidad pedazos, de su cazadora en un intento de conservar todo el calor que su cuerpo pudiese proporcionarle. No podía pensar. No podía hacer que la lógica de su mente funcionara correctamente. Todo parecía avanzar y retroceder entre la realidad y la imaginación, sólo que todo era real. Sólo durante unos segundos pareció haber imaginado que se había producido un accidente de avión, que había luchado para salir de la avioneta hundida y que había alcanzado la orilla a nado; que esto le había ocurrido a cualquier persona o que era producto de una película proyectada en su mente. Más tarde sentiría sus ropas, mojadas y frías, y su frente enviaría la cuchillada del dolor entre sus pensamientos y constataría que todo ello era real, que había sucedido todo de verdad. Pero todo sumido en una neblina, en un mundo de confusión. Así que se sentó

29

y miró fijo al lago, sintió venir el dolor y desaparecer a oleadas y contempló cómo el sol sobrepasaba el límite del lago.

Transcurrió una hora, o dos —todavía no era capaz de medir el tiempo ni le importaba— hasta que el sol estuvo situado a media altura. Con él vino algo de calor, tenue en principio, y con el calor fuerte acudieron nubes de insectos —espesas, pululantes hordas de mosquitos que acudían en tropel— a su cuerpo y formaban un abrigo viviente sobre su piel desnuda, atoraban los orificios de su nariz cuando inspiraba y entraban a raudales en su boca cuando la entreabría para respirar.

Tal vez esto no fuese creíble. Esto no. Él había llegado a causa del accidente, pero lo de los insectos no era en modo alguno posible. Los escupía, los espurriaba, los despedía con estornudos, cerraba los ojos y azotaba su rostro y palmoteándolos y aplastándolos a docenas, a cientos. Pero, en cuanto dejaba una zona, tan pronto como eliminaba unos cuantos, acudían nuevos enjambres silbantes y zumbadores. Mosquitos y unas pequeñas moscas negras que nunca había visto antes. Todas picando, mordiendo y tirando de él.

A veces sus ojos estaban abultadamente cerrados y su cara, hinchada, abombada, ofrecía las mismas trazas que su magullada frente. Se cubrió por encima de la cabeza con los jirones de su cazadora e intentó protegerse con ellos, pero había demasiados desgarrones y no fue efectivo. Desesperado, se subió hacia arriba su camiseta hasta cubrir su cara, pero, al dejar descubierta la parte inferior de la espalda, las moscas y mosquitos atacaron la carne recién destapada de la espalda con tal voracidad que se vio obligado a bajarse de nuevo la camiseta.

Al final, se sentó con la cazadora echada por encima, se restregó con las manos y se la quitó casi llorando de desesperación y de angustia. No había nada que hacer. Y cuando el sol estuvo ya muy alto, calentándole con fuerza haciendo brotar vapor de sus húmedas ropas y bañándole con su calor, los mosquitos y las moscas desaparecieron. Y esto de forma casi repentina. Hace un instante él permanecía sentado en medio de un emjambre y, poco después, ellos se habían ido y el sol estaba encima de él.

Vampiros, pensó. Al parecer no les gustaba la oscuridad de la noche cerrada, a lo mejor porque hacía demasiado frío, y no podían tampoco soportar la luz directa del sol. Mas, en aquel ambiente gris de la mañana, cuando empezaba a hacer algo más de calor y antes que el sol hubiese salido completamente y calentara, no podía dar crédito a aquellos seres. En todas sus lecturas, en todas las películas que había visto en televisión, cuya trama se desarrollaba al aire libre, jamás habían mencionado una sola vez los mosquitos o las moscas. Todo lo que nos mostraban en los documentales sobre la naturaleza eran encantadoras escenas de animales merodeando placenteramente en su medio. Nadie mencionaba a los mosquitos y a las moscas.

—Ahhhh. —Se enderezó para colocarse de pie contra el árbol y se estiró, con lo que nuevos dolores y sufrimientos se presentaron. Los músculos de la espalda debían haberse lastimado también —le produjeron la sensación de que se desgarraban cuando se estiró—, y, a pesar de que su frente parecía mejorar un tanto, por el contrario, la debilidad que le produjo el intento de erguirse por poco le hace desmayarse.

El reverso de sus manos estaba abombado y sus ojos estaban casi cerrados por la hinchazón producida por los mosquitos, y veía todo con un cerrado estrabismo.

No es que hubiese mucho que ver, pensó, mientras se rascaba las picaduras. El lago permanecía enfrente de él azul y profundo. Tuvo una repentina visión de la avioneta hundida en el lago, en lo profundo del azul con el cuerpo del piloto aún atrapado en su asiento, su cabellera ondeando...

Sacudió la cabeza. Más dolor. No era cosa en la que pensar ahora.

Observó los alrededores de nuevo. El lago se ensanchaba suavemente debajo de donde él estaba. Se encontraba en la base de la L, mirando de frente el lado largo con el corto a su derecha. El agua reposaba completamente mansa en aquella mañana tranquila y luminosa. Podía ver el reflejo de los árboles en el otro extremo del lago. Puestos al revés en el agua, casi parecían otro bosque diferente,

31

un bosque boca abajo que formaba una perfecta pareja con el real. Mientras miraba, un pájaro grande —pensó que era parecido a un cuervo, aunque éste de mayor tamaño— venía volando por encima del bosque real, y el pájaro reflejado seguía un vuelo parejo al de arriba, ambos volando sobre el agua.

Todo era verde, tan verde que este calor le caló dentro. El bosque estaba formado predominantemente por pinos y píceas con macizos de algunos arbustos de escasa altura formando manchas aquí y allá, y hierba espesa y otras clases de pequeños matorrales por todas partes. No podía identificar la mayor parte de toda esta vegetación —excepción hecha de los árboles de hoja perenne— y algunos árboles frondosos que según pensaba podrían tratarse de álamos temblones. Había visto en la televisión paisajes de álamos temblones en las montañas. La zona que circundaba al lago era moderadamente montañosa, pero las colinas eran pequeñas —casi montículos— y apenas había rocas, a no ser a su izquierda. Ahí destacaba una cresta rocosa de unos seis metros de altura que sobresalía dominando el lago.

Si la avioneta hubiese caído un poco más a la izquierda, hubiese chocado contra las rocas y no contra el lago. Él se hubiera aplastado. Destruido.

Le vino la palabra. Y hubiese sido aniquilado y destrozado y chafado. Conducido hasta las mismas rocas y aniquilado.

Suerte, pensó. Tengo suerte; he tenido mucha suerte ahí. Pero sabía que no estaba en lo cierto. Si hubiese tenido verdaderamente buena suerte, sus padres no se habrían divorciado por el Secreto y él no hubiese estado volando con un piloto que sufrió un ataque al corazón y no hubiese estado aquí donde tenía que tener buena suerte por haberse librado de la aniquilación.

Si uno se aparta de la buena suerte, pensó, uno cae en la mala suerte.

Movió otra vez su cabeza, provocando una nueva mueca de dolor. No pensar en eso era otra cosa.

La cresta rocosa estaba redondeada y parecía ser de algún tipo de piedra arenisca con vetas de piedra más oscura incrustadas y pegadas a ella. En línea recta a lo largo del lago, en el rincón interior de la L había un dique de palos y barro que descollaba sus buenos dos o tres metros sobre el agua. Al principio no lo reconoció, pero era consciente que de alguna manera lo conocía —lo había visto en las películas—. Acto seguido apareció inesperadamente una cabeza marrón sobre la superficie del agua cerca del dique y empezó a nadar a lo largo del lado corto de la L dejando una V de rizos trás de sí y fue entonces cuando recordó dónde lo había visto. Era una casa de castores, su madriguera, según había visto en un documental en uno de los canales de la televisión pública.

Un pez saltó. No era grande el pez, pero produjo un marcado chapoteo cerca del castor y, como si de una señal se hubiese tratado, surgieron repentinamente por todas partes pequeñas salpicaduras en las orillas del lago —a lo largo de la orilla— en cuanto el pez dio el salto. Cientos de ellos, saltando y restallando en el agua. Brian los observó durante un tiempo, todavía medio aturdido, todavía sin coordinar bien sus pensamientos. La escena era preciosa, pensó, y había cosas nuevas que mirar, pero todo se reducía a un azul y verde contorno borroso y él estaba habituado al gris y negro de la ciudad, a los ruidos de la ciudad.

Allí, al principio, todo estaba silencioso, o pensó que estaba silencioso, pero cuando empezó a escuchar, lo que se dice a escuchar, oyó miles de cosas. Silbidos y siseos, pequeños ruidos, gorjeos de pájaros, zumbidos de insectos, chapoteos de saltos de peces. Había un gran ruido allí, pero un ruido que no conocía, y los colores le resultaban nuevos, y los colores y los ruidos amalgamados en su mente le producían una sensación imprecisa que podía oír, y oírla como una siseante pulsación, y se sentía fatigado.

Horriblemente cansado, y la gran cantidad de energía que por alguna razón había adquirido de pie, le había dejado exhausto.

Encontró otro árbol, un pino alto sin ramas hasta la copa, y se sentó recostándose contra él, contemplando allá abajo el lago y sintiendo el calor del sol. Al poco rato, se fue sentando muy despacio y se quedó dormido de nuevo.

V

Sus ojos se abrieron de golpe, fijos como si los hubiese clavado, y al instante se le hicieron presentes las cosas que sabía.

Estaba atroz e increíblemente sediento. Su boca estaba seca y percibía un sabor repugnante y viscoso. Sus labios se mostraban agrietados y sentía como si estuviesen ensangrentados y que si no bebía pronto algo de agua languidecería hasta morir. Chorros de agua. Toda el agua que pudiese encontrar.

Era consciente de su sed y sentía el ardor en su rostro. Era algo más del mediodía y el sol se le había colocado encima y le había achicharrado mientras dormía y su rostro, que despedía fuego, se le llenaría de ampollas, se le pelaría. Lo que en lugar de mitigar su sed, la empeoraba notablemente. Se puso de pie sirviéndose del árbol para erguirse ya que todavía sentía cierto dolor y un gran entumecimiento, y miró abajo al lago.

Era agua. Mas no sabía si podría beber en el lago. También pensó en el piloto.

En el azul de debajo con la avioneta, atrapado dentro, el cuerpo...

Espantoso, pensó. Pero el lago era azul, y lleno de agua, y sentía un dolor atroz en su boca y garganta a causa de la sed e ignoraba si habría otra clase de agua apta para beber. Además probablemente se había tragado una tonelada mientras intentaba desembarazarse en la avioneta y ganar la orilla a nado. En las películas siempre mostraban al héroe descubriendo un manantial transparente de cristalina agua dulce para saciar la sed, pero en las películas no había accidentes ni frentes hinchadas, ni cuerpos

34

magullados ni sed que destrozaran al héroe hasta el extremo de impedirle pensar.

Brian dio unos pasos hacia la orilla del lago. Había gruesos tallos de hierba por todo el borde y el agua parecía algo turbia y había pequeños seres nadando en el agua, bichillos pequeños. Un tronco se proyectaba unos seis metros sobresaliendo sobre el agua del lago —un derribo de castor de hacía algún tiempo— con viejas ramas clavadas, con aspecto de manivelas. Se mantuvo en equilibrio sobre el tronco agarrándose a las ramas y traspasó, guardando el equilibrio, los hierbajos y el agua turbia. Cuando se encontró ya en la zona donde el agua era clara y ya no veía bichos nadando, se arrodilló sobre el tronco para beber. Un sorbo, pensó aún preocupado por el agua del lago, tomaré sólo un sorbo.

Pero cuando acercó el cuenco de la mano a su boca y sintió el goteo del agua fresca del lago sobre los labios cuarteados y sobre la lengua, fue ya incapaz de detenerse. Jamás antes, ni siquiera tras largas excursiones en bicicleta durante el caluroso verano, se había sentido tan sediento. Parecía como si el agua fuese más que agua, como si el agua significase todo en su vida, y fue ya incapaz de detenerse. Se inclinó y acercó su boca a la superficie del lago y bebió y bebió, absorbiendo con ansia y tragando a grandes sorbos. Bebió hasta que su estómago se infló, hasta casi perder el equilibrio sobre el leño, entonces se incorporó y salió entre tambaleos y tropezones a la orilla.

Inmediatamente se sintió indispuesto y devolvió la mayor parte del agua. Pero la sed había desaparecido y el agua parecía haber aliviado también el dolor en su cabeza —aunque la quemadura del sol todavía abrasaba su cara.

—¡Eso es! —Casi dio un brinco al oír las palabras pronunciadas en voz alta. Parecía fuera de sí; el sonido. Lo intentó otra vez—. ¡Eso es! Eso es, eso es, estoy aaaaaquí!

Y así era, pensó. Por primera vez desde la catástrofe su mente empezaba a funcionar, su cerebro estalló y empezó a pensar.

Estoy aquí, pero ¿dónde?

¿Dónde estoy?

Remontó una vez más la orilla hasta el árbol alto sin ramas y se volvió a sentar apoyando su espalda contra la áspera corteza. Hacía calor ahora, pero el sol estaba alto y lo tenía detrás, así que se sentó a la sombra del árbol con una comodidad relativa. Había cosas que solucionar.

Estoy aquí y esto es tierra de nadie. Con la mente despierta y el pensamiento en ebullición, todo aquello intentó penetrar como una avalancha, todo cuanto había sucedido y que no había tenido ni siquiera tiempo de sopesar. Todo aquello se revolvía dentro de él como un confuso batiburrillo que no tenía ningún sentido. Así que puso un poco de orden en todo y miró la forma de hilvanar una cosa tras otra.

Había estado volando en dirección norte, con el fin de hacer una visita de un par de meses a su padre, en pleno verano, y el piloto había sufrido un ataque al corazón y había fallecido, y la avioneta se había estrellado en algún lugar de los bosques del norte de Canadá, pero no sabía qué distancia había recorrido la avioneta ni en qué dirección ni dónde se encontraba.

Despacio, se dijo. Más despacio.

Mi nombre es Brian Robeson y tengo trece años y estoy solo en los bosques del norte del Canadá.

Va bien, pensó, así de sencillo.

Estaba volando para visitar a mi padre y la avioneta se estrelló y se hundió en un lago.

Eso es, sigue así. Breve reflexión.

No sé dónde estoy.

Lo que no quiere decir gran cosa. Vayamos al grano. *Ellos* no saben dónde estoy —con *ellos* se refería a quienquiera que quisiera buscarle. Los buscadores.

Ellos le buscarían, buscarían la avioneta. Su padre y su madre se habrían vuelto locos. Revolverían Roma con Santiago para encontrarle. Brian había visto casos de búsqueda en los telediarios, había visto películas sobre aviones desaparecidos. Cuando desaparecía un avión se organizaban partidas intensivas de búsqueda y casi siempre daban con el avión en un margen de dos o tres días. Todos los pilotos registraban sus planes de vuelo —un plan donde están expuestos con todo detalle los lugares y horas de vuelo, todos sus movimientos y rumbos bien detallados—. Vendrían, le buscarían. Los buscadores vendrían en aviones del gobierno y sobrevolarían ambos flancos del plan de vuelo cumplimentado por el piloto y le buscarían hasta encontrarle.

Puede que hasta sucediese ese mismo día. A lo mejor venían hoy. Éste era el segundo día después del accidente. No. Brian frunció el ceño. ¿Era el primero o el segundo día? Se habían caído por la tarde y había pasado la noche entera helado fuera. Por tanto ése era el primer día verdadero. Pero todavía podían venir hoy. Habrían iniciado la búsqueda inmediatamente, cuando hubiesen visto que la avioneta de Brian no llegaba.

Sí, probablemente vendrían hoy.

Probablemente llegarían con aviones anfibios, pequeñas avionetas con flotadores que podrían amerizar en el mismo lago y recogerle y llevarle a casa.

¿Qué casa? ¿La casa del padre o la casa de la madre? Consideró la cuestión. No importaba. Con su padre o de regreso con su madre. No importaba el rumbo con tal que le condujese a casa, no importaba si era por la noche tarde o muy temprano de mañana, a casa donde pudiese sentarse y comerse una enorme hamburguesa, con sabor a queso, bien jugosa con rodajas de tomate, doble ración de patatas fritas y un espeso batido de chocolate.

Y así hizo acto de presencia el hambre.

Brian se frotó el estómago. El hambre había estado allí, pero algo más —miedo, dolor— la había retenido. Ahora, con la mención de la hamburguesa, la sensación de vacío le daba alaridos interiores. No podía dar crédito a esta hambre, nunca la había sentido hasta ese extremo. El agua del lago había llenado su estómago pero le dejó hambriento, y ahora le reclamaba alimento, le exigía a voces comida.

Y allí, pensó, no había absolutamente nada para comer.

Nada.

¿Qué hacían en las películas cuando se quedaban desamparados como él? Oh, sí, el protagonista normalmente encontraba alguna clase de planta comestible que conocía y que ayudaba a mantener las fuerzas. Comía de esa planta hasta hartarse o colocaba alguna trampa disimulada para atrapar algún animal y lo guisaba en algún ingenioso fuego y al poco tiempo tenía una abundante comida.

La pena, dedujo Brian, mirando a su alrededor, era que todo cuanto podía ver era hierba y matorrales. No había nada a la vista que pudiese comer y, salvo el millón de pájaros y el castor, no había avistado ni sombra de animales que cazar con trampas y asar, y aunque tuviese la suerte de atrapar uno de la forma que fuese, no tenía cerillas, así que tampoco podía encender un fuego.

Nada.

Empezó a considerar esto. No tenía nada.

Bueno, casi nada. En realidad, pensó, no sé lo que tengo ni lo que no. Quizá debería probar imaginarme cómo subsistir. Esto me proporcionará algo que hacer, me evitará pensar en la comida. Hasta que vengan a buscarme.

Brian tuvo una vez un profesor de inglés, un tipo llamado Perpich, que siempre estaba hablando de que fueran positivos, que pensaran en positivo, que se mantuvieran por encima de las cosas. Eso era lo que Perpich había dicho, permanecer en estado positivo y permanecer siempre por encima de la cosas. Brian —pensó en él ahora— se preguntaba cómo permanecer positivo y cómo situarse por encima de la cosas. Todo lo que Perpich diría es que tengo que estar motivado. Siempre andaba diciendo a los chavales que se motivaran.

Brian cambió de posición porque estaba sentado sobre sus rodillas. Rebuscó en sus bolsillos y sacó todo lo que contenían y lo depositó sobre la hierba en frente de él.

Resultaba descorazonador. Una moneda de veinticinco centavos, una de cinco centavos y dos peniques. Un cortauñas. Un billetero con un billete de veinte dólares —«por si tienes que esperar en el aeropuerto de alguna ciudad y tienes que comprarte algo para comer», le había advertido su madre— y algunos extraños trozos de papel.

Y en su cinturón, allí todavía descuidado, el hacha que le había dado su madre. Se la había olvidado. La buscó con la mano, la sacó y la dejó sobre la hierba. Había una pizca de orín ya formado en el borde cortante de la hoja y lo rascó con el pulgar.

Eso era todo.

Frunció el entrecejo. No, aguarda, si iba a seguir con el fuego, tenía que cumplir las reglas. Perpich le hubiese dicho que evitase los líos y la confusión. Motivarse. Mira *todo* esto, Robeson.

Tenía un par de zapatillas de deporte, ahora ya casi secas. Y calcetines. Y vaqueros y ropa interior y un fino cinturón de piel y una camiseta de manga corta y una cazadora tan destrozada que le colgaba hecha jirones.

Y un reloj. Todavía llevaba el reloj digital en la muñeca, pero estaba estropeado por el choque —la pequeña pantalla en blanco— y se lo quitó y le entraron ganas de estamparlo contra el suelo o tirarlo lejos, pero detuvo el movimiento de la mano y depositó el reloj sobre la hierba con el resto de los objetos.

Ahora. Eso era todo.

No, espera. Otra cosa más. Ésas eran las cosas que tenía, pero también se tenía a sí mismo. Perpich les solía insistir con machaconería:

—Cada uno de vosotros sois vuestro principal capital. No lo olvidéis. *Cada uno* de vosotros sois lo mejor que tenéis.

Brian miró a su alrededor de nuevo. Me gustaría que estuviese aquí Perpich. Tengo hambre y daría cuanto tengo por una hamburguesa.

—Tengo hambre. —Lo pronunció en voz alta. Primero en tono normal, luego en uno cada vez más alto hasta que acabó dando gritos—. ¡Tengo hambre, tengo hambre, tengo hambre!

Cuando paró, había un profundo silencio, no sólo el suyo, sino también el de los chasquidos y ronroneos y cantos de los pájaros y los rumores del bosque. El tono de su voz había hecho cundir la alarma por allí y todo estaba quieto. Miró en su rededor, escuchó con la boca abierta y se dio cuenta de que jamás antes en toda su vida había oído el silencio. Silencio total. Siempre había tenido algún ruido, algún tipo de ruido.

Duró unos pocos segundos, pero fue tan penetrante que llegó a hacerse parte de él mismo. Nada. Ni un ruido. Entonces el pájaro empezó de nuevo y una especie de zumbido de algún insecto, y luego un castañeo y un graznido, y al poco rato ya estaba el mismo ruido de fondo.

Pero no por eso dejó de estar hambriento.

Claro, pensó, volviendo a guardar las monedas y el resto de las cosas en sus bolsillos y el hacha en su cinturón, claro que si venían esa misma noche o incluso si se demoraban hasta mañana, tampoco sería tanta hambre. Hay gente que ha resistido muchos días sin alimento mientras han dispuesto de agua. Incluso si no llegaban hasta mañana muy tarde daría lo mismo. Cuestión de perder algo de peso, todo lo más; pero con la primera hamburguesa y una bebida refrescante y las patatas fritas volvería el agua a su cauce otra vez.

Una imagen mental de una hamburguesa, lo atractiva que la ofrecían los anuncios publicitarios en televisión, se coló de rondón estrepitosamente en sus cavilaciones. Colores sugerentes, la carne jugosa y caliente...

Expulsó lejos la imagen. Incluso si no le localizaban hasta mañana, calculó, estaría perfectamente. Tenía el agua a mares, aunque no sabía si era buena y limpia o no.

Se sentó de nuevo junto al árbol, recostada su espalda contra él. Había una cosa que le molestaba. No estaba completamente seguro de qué se trataba pero no cesaba de mosdiquear sus pensamientos. Algo acerca del piloto y de la avioneta que cambiaría todas las cosas...

Ah, eso era; en el momento en que el piloto sufrió el ataque al corazón su pie derecho había apretado bruscamente el pedal del timón de dirección y la avioneta se había desplazado hacia un lado. ¿Qué quería decir aquello? ¿Por qué le martilleaba eso el cerebro de esa forma, abriéndose camino a empellones y empujando?

40

Esto quiere decir, sugería una voz en sus reflexiones, que a lo mejor no vendrían esa noche y quién sabe si ni siquiera mañana.

La avioneta se había inclinado hacia un lado y había tomado un nuevo rumbo cuando el piloto pisó el pedal del timón de dirección.

No recordaba Brian cuánto se había desviado, pero no debía haber sido mucho después de todo, ya que Brian, una vez muerto el piloto, había seguido volando en el nuevo rumbo hora tras hora.

Bastante desviado del plan de vuelo fijado por el piloto. Muchas horas, unos 200 kilómetros por hora tal vez. A esa velocidad y todo ese tiempo, incluso si se trataba de una ligera desviación del rumbo inicial, Brian podría estar sentado a varios centenares de kilómetros de distancia del plan de vuelo registrado.

Y ellos seguramente buscarían en primer lugar con mayor minuciosidad en el rumbo del plan de vuelo. Podrían desviarse en su búsqueda algo hacia los lados, pero serían quinientos o seiscientos kilómetros a lo sumo. No podía saber, no podía imaginar siquiera cuánto podía haberse alejado de su ruta original volando erróneamente, ya que desconocía el rumbo inicial e ignoraba cuánto se habían desplazado lateralmente.

Sólo un poco, eso es lo que recordaba. Un pequeño desplazamiento lateral. Eso fue lo que le hizo volver la cabeza rápidamente cuando advirtió la inclinación de la avioneta. Quizá no le encontraran durante dos o tres días.

Notó que sus latidos se aceleraron en cuanto apareció el temor. El pensamiento permanecía allí pero lo rechazó durante cierto tiempo, lo expulsó; finalmente se impuso contundentemente.

Quizá no le encontraran durante un período de tiempo bastante largo.

Y el siguiente pensamiento estaba allí también; que quizá no le encontraran nunca, pero aquí surgió el pánico y luchó por vencerlo y procuró permanecer en el plano positivo. Ellos buscarían intensamente cuando la avioneta desapareció, utilizarían muchos hombres y aviones y ellos se desplazarían lateralmente, ellos se enterarían de que él estaba fuera de la ruta del plan de vuelo, había hablado al hombre con la radio, de alguna forma se enterarían.

41

Todo saldría a pedir de boca.

Le encontrarían pronto.

Poco a poco, como el aceite untuoso, sus pensamientos retrocedieron y el pánico desapareció. Digamos que tardaran en venir dos días; no, digamos que tardaran tres días, echando mucho, pongamos cuatro días, podría sobrevivir ese tiempo. Tendría que sobrevivir ese tiempo. No quería pensar que tardarían más. Pero digamos cuatro días. Tenía que hacer algo. No podía permanecer alelado recostado al pie de aquel árbol y quedarse mirando al lago durante aquellos cuatro días.

Y sus noches. Se hallaba en bosques muy densos y no tenía cerillas, no podía encender un fuego. Había bichos grandes en los bosques. Había lobos, pensó, y osos. Durante la oscuridad de la noche él se quedaría allí al aire libre, sentado al pie de un árbol.

De repente miró a su alrededor, notó que los pelos de la nuca se le erizaban. Los bichos podrían estar mirándole en ese preciso instante, esperándole, aguardando la oscuridad para poder desplazarse y sorprenderle.

Palpó el hacha en su cinturón. Era la única arma que tenía a su disposición, pero menos era nada.

Tenía que hacerse alguna clase de refugio. No, más aún que eso: tenía que construirse un refugio y tenía que procurarse algo para comer.

Se acurrucó e inclinó hacia los pies y estiró para abajo la camiseta antes de que los mosquitos pudieran sorprenderle. Tenía que hacer algo para defenderse.

Tengo que motivarme, pensó, acordándose de Perpich. Es todo cuanto tengo en estos momentos. Tengo que hacer algo.

VI

Dos años antes, él y Terry habían estado jugueteando por los alrededores del parque, allí donde daba la sensación de que la ciudad se acababa durante cierto tiempo y donde los árboles se espesaban aproximándose hasta el riachuelo que atravesaba el parque.

Todo aquello estaba muy tupido y parecía hasta cierto punto salvaje, y allí se lo habían pasado muy bien ideando cosas y simulando que se habían perdido en el bosque haciendo planes al atardecer sobre lo que iban a hacer. Claro que imaginaban disponer de todo tipo de cachivaches, como una escopeta, un cuchillo, aparejos de pesca y cerillas, de modo que podían cazar y pescar y encender fuego.

Me gustaría que estuvieses aquí Terry, pensó. Con una escopeta y un cuchillo y unas cerillas...

Aquella vez en el parque habían decidido que el mejor refugio era un colgadizo y Brian se puso ahora a hacer uno. Tal vez cubrirlo con hierba, hojas o palitroques, pensó, e inició un nuevo descenso al lago donde había un sauce que podría cortar para tirantes de refuerzo. Pero esto le hizo caer en la cuenta de que tenía que encontrar un buen sitio para el colgadizo y le movió a echar un vistazo primero por los alrededores. Tenía la idea de permanecer en las cercanías del lago porque pensó que la avioneta, aunque estuviese muy profunda, siempre podría ser avistada por alguien que sobrevolase el lago y no quería reducir la mínima oportunidad que se le presentara de ser descubierto.

Sus ojos se posaron sobre la cresta rocosa de su izquierda y el primer pensamiento que le vino fue el de construir el refugio contra la roca. Pero antes se dispuso a comprobar la parte más alejada de la cresta y allá fue donde tuvo suerte.

Dejándose guiar por el sol y por el hecho de que salía por el este y se ponía por el oeste, resolvió que la parte norte de la cresta era la más distante.

En algún momento en el pasado remoto algo, probablemente un glaciar, había excavado todo eso y esa erosión había dejado una especie de cuenco lateral bajo una repisa. No era muy hondo, no llegaba a ser una cueva, pero era liso y formaba una perfecta techumbre y casi podía permanecer de pie bajo la repisa. Tenía que mantener ligeramente inclinada la cabeza hacia adelante en la parte interior si no quería golpearse la cabeza contra el remate. Parte de la roca había sido asimismo pulverizada por la acción del glaciar, convertida en cueva, y ahora formaba una minúscula playa de arena que llegaba hasta la orilla del agua enfrente y a la derecha del alero.

Era su primera buena suerte.

No, pensó. Tuvo buena suerte en la forma de aterrizaje. Pero ésta también era buena suerte, suerte de la que estaba bien necesitado.

Todo cuanto tenía que hacer era emparedar parte de la concavidad y dejar libre una abertura como entrada y tendría entonces un refugio perfecto mucho más consistente que un colgadizo y mucho más seco también ya que el saledizo del alero constituía un techo impermeable.

Avanzó a gatas, bajo el saliente, y se sentó. La arena estaba fresca en la sombra y su rostro agradecía enormemente este frescor ya que la cara empezaba otra vez a llenarse de ampollas y eso resultaba especialmente doloroso en la frente con las ampollas sobre la hinchazón.

Todavía estaba débil. El corto paseo por el lado opuesto de la cresta y la ligera escalada a su cima habían bastado para dejar sus piernas como si fueran de goma. Le sentó de maravilla reposar un momento a la sombra de la repisa sobre la fresca arena.

Y ahora, pensó, si tuviese algo, aunque fuese poca cosa para comer.

Nada.

Cuando hubo descansado unos minutos regresó al lago y bebió un par de tragos de agua.

No es que estuvise muy sediento, pero pensó que el agua podría ayudar a superar el mordisco del hambre. No fue así. Hasta cierto punto el agua fría del lago incluso lo empeoró, lo agudizó.

Pensó en arrancar madera para levantar una pared a un lado del saledizo y cogió un leño para arrastrarlo hacia arriba, pero sus brazos estaban demasiado débiles y fue entonces cuando se dio cuenta de que la causa no era debido únicamente al choque y las heridas, sino también se debía a su debilidad por culpa del hambre.

Tendría que encontrar algo de comer antes de emprender ninguna acción.

Pero, ¿qué?

Brian se recostó contra la roca y miró hacia el lago. ¿Qué había para comer en todo aquello? Estaba demasiado acostumbrado a tener siempre la comida a su disposición. Cuando tenía hambre se acercaba al frigorífico o a la tienda, o se sentaba a comer lo que su madre le cocinaba.

¡Oh!, pensó recordando en esos momentos una comida ¡oh! Fue el último día de Acción de Gracias, el año pasado, el último día de Acción de Gracias que celebraron en familia antes de que su madre pidiese el divorcio y su padre se fuese el siguiente enero. Brian ya sabía el Secreto, pero ignoraba que motivaría la ruptura e incluso pensó que aquello todavía proseguiría. El Secreto, que su padre no conocía aún, pero que él intentaría contárselo. Cuando le viese.

La comida había consistido en un pavo y lo había asado en el patio trasero con carbón vegetal en la barbacoa, con la tapadera bien cerrada. Su padre había esparcido pedacitos de nuez sobre el carbón vegetal y el olor del pavo asado y el humo de la nuez habían llenado el patio. Cuando su padre retiró la tapadera, sonriendo, el olor que despidió era increíble, y, cuando se sentaron a la mesa para comer, la carne estaba jugosa y sabrosa y mantenía el saborcillo al humo.

No tuvo más remedio que detener eso. Su boca estaba llena de saliva y su estómago se rebelaba mediante retortijones y gruñidos.

¿Qué había para comer?

¿Qué había leído o visto que le sugiriese ideas acerca del aprovisionamiento de alimentos en un paraje agreste? ¿No había habido nada? Un documental, eso es, un documental en la televisión sobre los pilotos de la fuerza aérea y un cursillo que les impartían. Un curso de supervivencia. Perfecto, ahora el documental estaba haciéndose presente en su mente. Los pilotos tenían que sobrevivir durante una semana. A lo largo de toda una semana tenían que arreglárselas para encontrar alimento y agua.

Para abastecerse de agua colocaban una cubierta de plástico dentro de un artilugio para recoger el rocío y como alimento comían lagartos.

Así era. Naturalmente Brian tenía grandes cantidades de agua y en los bosques de Canadá que él supiese no había demasiados lagartos. Uno de los pilotos había utilizado un cristal de reloj como lente de aumento. Para concentrar los rayos solares y encender un fuego para no tener que comerse crudos a los lagartos. Pero Brian tenía un reloj digital, sin el cristal, que se había roto con el golpe. Así que el documental en cuestión no le servía para mucho.

Aguarda, había una cosa. Uno de los pilotos, una mujer, había recogido una especie de judías en un arbusto y las había empleado junto con la carne de lagarto para cocinar un sencillo guiso en una lata que se había encontrado. Estofado de lagarto con habichuelas. No había judías allí, pero tenía que haber bayas. Tenía que haber arbustos con bayas por allí cerca. Seguro que sí, los bosques estaban repletos de arbustos con bayas. Eso al menos era lo que afirmaba todo el mundo. Bueno, en realidad él nunca había oído decir eso a nadie. Pero le pareció que podría ser cierto.

Tiene que haber arbustos con bayas.

Se puso de pie, se adentró en la arena y miró hacia lo alto al sol. Todavía se mantenía alto. No sabía qué hora sería. En casa sería la una o las dos si el sol estuviese así de alto. En casa a la una o las dos su madre estaría retirando los platos de la comida y disponiéndose a asistir a su clase de mantenimiento. No, eso debería haber sido ayer. Hoy estaría viéndole a ÉL. Hoy era jueves y siempre iba ella a verle los jueves. Los miércoles tenía su clase de mantenimiento y los jueves iba a verle a él. Pequeños borbotones de rabia intensa se entremezclaban en sus pensamientos, avanzaban, retrocedían. Si su madre no hubiese empezado a verle a ÉL y hubiese forzado el divorcio, Brian no se encontraría en esa situación ahora.

Meneó su cabeza. Tenía que terminar con ese tipo de ideas. El sol permanecía todavía alto y eso significaba que disponía de cierto tiempo para encontrar bayas antes del anochecer. No quería encontrarse lejos de su —a punto estuvo de pensar en él como si de un hogar se tratara— refugio cuando empezase a oscurecer.

De ninguna manera quería estar en un paraje cualquiera del bosque cuando se hiciese oscuro. Y no quería extraviarse —lo que constituiría un problema serio—. Todo lo que conocía del mundo era el lago que tenía enfrente, la colina de detrás y la cresta; si las perdía de vista era más que probable que diera unas vueltas por aquellos andurriales y luego no diese con el camino de vuelta.

De modo que tenía que tratar de buscar bayas, pero sin perder nunca de vista el lago y la cresta rocosa.

Observó la orilla del lago por la vertiente norte. Había un amplio claro durante un buen trecho de unos doscientos metros. Había pinos altos, de esa clase que no tienen ramas bajas hasta cerrarse estrechamente en sus copas, con una leve brisa susurrando entre ellos, pero no con una maleza de excesiva altura por el suelo. Ciento cincuenta metros más arriba parecía haber un cerrado cinturón de densas y más bajas brozas que empezaban —por tres o cuatro metros de alto— y que formaban un paredón que impedía ver a su través. Daban la impresión de circundar al lago, enmarañado y exuberantemente verde, pero no podía estar seguro.

De haber bayas, tenía que haber en aquel monte bajo, suponía, y mientras se mantuvise cercano al lago —así podría ver el agua a su derecha y saber que estaba allí—, no se perdería. Una vez que lo hubiese recorrido o encontrado bayas, pensó, no tendría más que dar la vuelta y, como el agua estaría a su izquierda, desandar el camino hasta la cresta y su refugio.

Así de sencillo. Hazlo así de sencillo. Soy Brian Robeson. He sufrido un accidente de aviación. Voy a encontrar alimento. Voy a buscar bayas.

Caminaba lentamente —aún se resentían sus articulaciones y se encontraba desfallecido de hambre— remontando la orilla del lago. Los árboles estaban llenos de pájaros que cantaban al sol en frente de él. Conocía a algunos y a otros no. Vio un petirrojo y una especie de gorriones y una bandada de rojizos y anaranjados pájaros con fuertes picos. Veinte o treinta de éstos estaban posados en uno de los pinos. Formaban un verdadero guirigay y se alejaron volando cuando él pasaba debajo del árbol. Observó cómo volaban, un deslumbrante destello de color en el compacto verde del fondo, y así fue cómo encontró las bayas. Los pájaros se posaron en un sauce más alto parecido a un matorral de hojas anchas y empezaron a revolotear a saltos y a entonar su algarabía. Al principio estaba demasiado lejos para distinguir lo que hacían, pero su color le atrajo y se dirigió hacia ellos, manteniendo el lago a la vista a su derecha, y, cuando se halló más próximo, vio que estaban devorando bayas.

No podía creer que hubiese resultado tan fácil. Era como si los pájaros le hubiesen conducido expresamente a las bayas. Las finas ramas se elevaban hasta unos siete metros y colgaban pesadas inclinándose bajo el peso de ramilletes de bayas de un rojo destellante. Eran de un tamaño equivalente a la mitad de la uva y cuando los avistó Brian, relumbrante rojo en la luz solar, casi grita.

Apresuró su paso y se presentó allí en un momento dispersando los pájaros, agarrando ramas y pelándolas para llenar su boca con bayas.

Casi las escupe. No es que fuesen amargas hasta el punto de carecer del mínimo dulzor, tenían un sabor áspero que dejó en su boca una sensación de acidez. Se asemejaban a las cerezas con gruesos huesos que dificultaban su masticación. Pero tenía tal hambre, tal vacío, que no podía parar de pelar ramas y comer bayas a puñados, agolpándose y atascándose en su boca y tragándoselas con hueso y todo.

No podía parar y cuando, al fin, su estómago estuvo ahíto, todavía sentía hambre. Su estómago debía haberse encogido durante los dos días que permaneció sin alimento, pero el zarpazo del hambre se hacía notar aún ahí. Pensando en los pájaros y en la forma en que regresarían a las bayas cuando él se marchase, convirtió su destrozada cazadora en un morral para llevarlas y continuó recolectando. Cuando por fin calculó que ya tenía dos kilos más o menos se detuvo y regresó a su campamento por la ribera.

Ahora, pensó. Ahora ya tengo algo de comida y puedo hacer algo para arreglar este sitio. Observó el sol y vio que tenía cierto tiempo antes de anochecer.

Si por lo menos tuviese cerillas, meditó, mientras buscaba apesadumbrado por la playa y por la orilla del lago. Había madera por todas partes, eso sin contar la leña seca y vieja esparcida por toda la colina ni las ramas secas que colgaban de todos los árboles. Todo madera ideal para hacer un fuego. Y sin cerillas. ¿Cómo solían hacer?, reflexionó. ¿Frotar dos palos conjuntamente?

Guardó el morral de bayas en la parte del fondo bajo la repisa en la sombra fresca y encontró un par de palitroques. Tras diez minutos de frote, palpó los palos y estaban casi fríos al tacto. Así no, pensó. Ellos no hicieron el fuego de este modo. Arrojó lejos los palitroques disgustado. De modo que no hay fuego. Pero podía montar el refugio y hacerlo —aquí le vino a la mente la expresión «más seguro» no sabía por qué— más soportable.

Comenzó a acarrear leños desde el lago hasta arriba y a arrastrar colina abajo largas ramas secas, pero sin perder ni un instante de vista el agua ni la orilla. Con ellas entrelazó e imbricó un paredón en la abertura frontal de la roca. Esta operación le ocupó más de dos horas y tuvo que parar en varias ocasiones porque todavía se sentía algo débil y una vez porque notó una nueva punzada en el estómago. Un apretón, con ruidos. Demasiadas bayas, pensó. Comió en demasía.

Pero desapareció al poco tiempo y pudo mantener su ritmo de

trabajo hasta que hubo cubierto el frontal de la repisa salvo una pequeña abertura en el extremo derecho, el más cercano al lago. La entrada tenía aproximadamente un metro y cuando entró al interior se encontró en su receptáculo de casi cinco metros de ancho por diez de profundo, con la pared rocosa en declive en la parte trasera.

«Bueno», dijo moviendo la cabeza en señal de aprobación. «Bueno...»

Desde el interior se veía que el sol estaba ocultándose al fin, y, al reclamo del frescor inicial, acudieron los mosquitos y le envolvió una nube de ellos. Eran gordos, terribles, aunque sin igualar a los de la mañana, y empezó a bracear a diestro y siniestro para espantarlos hasta que ya no pudo soportarlo y entonces vació las bayas y se puso la cazadora. Las mangas le cubrieron los brazos finalmente.

Arropado en su cazadora, con la oscuridad acentuándose por momentos ahora, anduvo a gatas hasta la roca de atrás, se acurrucó y trató de dormirse. Estaba completamente extenuado y con algunos dolores; con todo, el sueño vino despacio y no cayó hasta que el frescor vespertino pasó al frío nocturno y los mosquitos disminuyeron.

Fue en ese momento cuando Brian, finalmente, con el estómago a vueltas con las bayas, cayó dormido.

VII

—¡Madre!

Profirió ese grito y no estuvo seguro si fue su clamor el que le despertó o el dolor de estómago.

Todo su vientre estaba desgarrado por grandes y sonoras sacudidas de dolor, punzadas que le hacían doblarse de dolor en la oscuridad de su reducido refugio y que le derrumbaron con el rostro sobre la arena gimiendo vez tras vez:

—Madre, madre, madre...

Jamás algo parecido a eso. Jamás. Era como si todas las bayas con sus huesos hubiesen explotado en su interior, hubiesen reventado y despedazado dentro de él. Gateó hasta salir por la puerta y devolvió sobre la arena, avanzó a gatas un poco más y volvió a arrojar, y así durante más de una hora entre vómitos y una terrible diarrea, más bien le pareció un año, hasta que por fin se encontró vacío y purgado de todo apretón.

Luego entró de nuevo a gatas en el refugio y se volvió a tumbar sobre la arena, pero no podía dormir al principio, no podía hacer otra cosa que yacer tumbado allí, y su mente se puso a recordar cosas otra vez.

En la alameda. Todos los detalles. Su madre sentada en la ranchera con el hombre. Y ella se había ladeado y le había besado a él, había besado al hombre de pelo rubio y corto, y no había sido un simple beso cariñoso de amiga, sino un beso. Un beso para el que ella había girado su cabeza, la había inclinado y había arrimado su boca contra la boca del hombre rubio que no era su padre y le había besado, boca contra boca, y luego alzó una mano y le acarició la mejilla, la frente, sin parar de besarse. Y Brian vio esto.

Vio lo que su madre hizo con el hombre rubio. Vio el beso que se convirtió en el Secreto que su mismo padre no conocía, no sabía nada de eso.

El recuerdo era tan real que hasta llegó a sentir el calor de aquel día en la alameda, pudo recordar la inquietud que le embargó ante la posibilidad de que Terry se volviese y viese a su madre, pudo recordar la inquietud ante la posibilidad de tal bochorno y en ese momento la memoria se desvaneció y cayó dormido.

Despierto.

Durante un segundo, quizá dos, no supo dónde se encontraba, su sueño le tenía aún sumido en otro sitio. A continuación contempló el sol entrando a raudales por la puerta abierta del refugio y oyó el cercano y enervante zumbido de los mosquitos y comprendió. Se pasó la mano por la cara, ahora toda cubierta de los verdugones de dos días de picaduras, y se sorprendió al comprobar que la hinchazón de su frente había menguado muchísimo, casi hasta desaparecer por completo.

El olor era espantoso y era incapaz de localizarlo. Vio a continuación el montón de bayas en la parte de atrás del refugio y revivió la escena de la noche y su indisposición.

—Demasiadas —dijo en voz alta—. Demasiadas cerezas despanzurradas...

Gateó hasta salir del refugio y localizó la arena que había ensuciado. Sirviéndose de unos palos limpió todo lo mejor que pudo, lo cubrió con arena limpia y descendió al lago a lavarse las manos y a beber.

Era todavía muy pronto, apenas había amanecido plenamente y el agua estaba tan tranquila que podía contemplarse nítidamente su figura reflejada. Le asustó: su rostro estaba lleno de cortes y ensangrentado, hinchado y salpicado de grumos, su cabello todo enmarañado y la herida de su frente había cicatrizado, pero tenía mechones de pelos pegados entre la sangre y la costra. Sus ojos eran rendijas por las picaduras y estaba todo cubierto de porquería. Dio una manotada en el agua para destrozar el espejo.

Feo, pensó. Requetefeo.

Y en ese momento estaba completamente dominado por un sentimiento de autocompasión. Estaba sucio y famélico y cosido a picotazos y dolorido y abandonado y feo y asustado y hasta tal punto abatido que era como estar en un pozo, un lóbrego y profundo pozo sin posibilidad de salida.

Se sentó en la orilla y trató de impedir el paso de las lágrimas. Al fin cedió y lloró por un espacio de tres o cuatro minutos. Espesas lágrimas, lágrimas de pena de sí mismo, superfluas lágrimas.

Se puso en pie, volvió a encaminarse hacia el agua y bebió pequeños sorbos. En cuanto el agua fría tocó su estómago, sintió agudizársele el hambre, de la misma forma que antes la había sentido, y, de pie, se comprimió el vientre hasta que los calambres del hambre disminuyeron.

Tenía que comer. Estaba extenuado otra vez, desfallecido de hambre y tenía que comer.

Atrás en el cobertizo las bayas formaban un montón donde las había vaciado cuando agarró a prisa su cazadora —cerezas despanzurradas las llamaba mentalmente ahora— y pensó comerse unas cuantas. No una cantidad exagerada, como había hecho la vez anterior que le había producido la indisposición nocturna, sino la cantidad suficiente para matar el hambre.

Se deslizó a gatas dentro del refugio. Algunas moscas estaban sobre las bayas y las espantó. Seleccionó exclusivamente las bayas que estaban completamente maduras; no las tintadas de un rojo pálido, sino aquellas bayas que estaban rojo oscuro, rojo cárdeno casi negro y se las tomó en su total sazón. Cuando tenía escogido un puñadito, bajó hasta el lago y las enjuagó con el agua; unos pececillos se diseminaron en mil direcciones cuando chapoteó el agua y eso le hizo echar de menos la caña de pescar y un anzuelo, y entonces se las comió con precaución, escupiendo los huesos. Todavía estaban ásperas, pero saboreó cierto dulzor a pesar de que daban la sensación de dejar sus labios un poco acorchados.

Todavía tenía hambre cuando se le terminaron, pero ya no tan intensa y, por otra parte, ya no notaba sus piernas tan flojas como antes.

Regresó al refugio. Tardó otra media hora en manipular las bayas restantes y clasificarlas poniendo sobre unas hojas en un montón las muy maduras, y las demás en otro. Una vez finalizada la tarea, las cubrió con dos manojos de hierba que arrancó de la orilla del lago para alejar a las moscas y regresó adonde estaba antes.

Eran bayas asquerosas, esas despanzurradas cerezas, pensó. Pero al menos ahí tenía comida, alguna clase de comida, y podría comer algo más si le apetecía luego por la noche.

De momento tenía todo un día por delante. Escudriñó el cielo por entre los árboles y advirtió que, aunque había nubes, estaban muy extendidas y desparramadas y no parecían amenazar lluvia. Había una suave brisa que parecía retener a los mosquitos y, proyectando su mirada por toda la ribera del lago, pensó que si había otros tipos de bayas podrían ser diferentes. Otras bayas más dulces.

Si se mantenía a la vista del lago como hizo ayer, todo iría bien, encontraría su casa de nuevo; y esto le detuvo. Eso mismo había pensado exactamente la vez anterior.

Su casa. Tres días, no dos —o, ¿eran tres?—. Sí, era el tercer día y había pensado en el refugio como si se tratase de su hogar. Se volvió y contempló, analizó la burda obra. Las brozas formaban una bonita pared, no hermética del todo ante la meteorología, pero cortaba la mayor parte del viento. No lo había hecho mal del todo. No es que fuese mucho, pero no había duda por otra parte de que era todo cuanto tenía como hogar.

Muy bien, pensó, así que llamaré a esto mi hogar.

Se dio media vuelta y retomó el lateral del lago encaminándose hacia los arbustos de despanzurradas cerezas con la cazadora en la mano. Las cosas estaban mal, pensó, pero quizá no tan mal después de todo.

A lo mejor encontraba bayas algo mejores.

Cuando llegó a los arbustos de cerezas despanzurradas se detuvo. Las ramas estaban sin un solo pájaro, pero aún conservaban muchas bayas y muchas de las que el otro día estaban meramente rojas ahora tenían un color rojo cárdeno casi negro. Mucho más maduras. Puede que conviniese recogerlas y guardarlas. Pero el malestar de la noche pesaba todavía más en su mente y decidió proseguir. Las cerezas despanzurradas eran comida, pero de sabor engañoso. Necesitaba algo mejor.

Unos cien metros más arriba de la orilla había un lugar en el que el viento había abierto una pista. Deben haber sido los vientos muy violentos, pensó, para despejar lugares como éste; una pista como la que encontró en la avioneta cuando chocó. Ahí los árboles no eran como los de más abajo, sino retorcidos y tronchados a media altura del suelo, de forma que las copas estaban todas abajo y carcomidas o desgajadas, dejando al descubierto los raigones hinchándose en el cielo como dientes partidos. Formaban toneladas de madera vieja y seca y una vez más deseó poder disponer de un buen fuego. En su conjunto formaba una especie de calvero —con las copas de los árboles tronchadas el sol podía llegar al suelo— que estaba repleto de pequeños matorrales espinosos cubiertos de bayas.

Frambuesas.

Las conocía porque en el parque había varios frambuesos y Terry y él siempre cogían y comían cuando pasaban con sus bicis.

Las bayas estaban enteras y maduras, y probó una y la encontró dulce sin ninguno de los problemas de las cerezas despanzurradas. Aunque no crecían arracimadas, había muchísimas y era fácil recogerlas y Brian sonrió y empezó a comer.

Jugo dulce, pensó. Eran dulces con una mezcla de imperceptible acidez y cogió y comió y cogió más y comió más y creyó que nunca jamás había saboreado nada tan rico. En seguida, como la otra vez, su estómago estuvo ahíto, pero en esta ocasión tuvo algo más de sentido común y no se atracó ni se atiborró. Todo lo contrario, recolectó más cantidad y las envolvió en la cazadora, notando el sol de la mañana en su espalda y pensando que era rico, rico de alimento ahora, precisamente rico, y oyó un chasquido a su espalda, un insignificante ruido, y se dio media vuelta y vio el oso.

No pudo hacer nada, ni siquiera pensar. Su lengua, teñida del jugo de las bayas, se pegó al techo del paladar en la boca y se quedó como hipnotizado mirando fijo al oso. Era negro, con el morro color canela, a una distancia no superior a los siete metros de donde él se encontraba, y grande. No, enorme. Toda su piel era negra y gigantesco. Había visto uno en cierta ocasión en el zoo de la ciudad, un oso negro, pero aquél era de India o de no sé qué lugar. Éste era salvaje, y mucho más grande que el del zoo y estaba precisamente allí.

Precisamente allí.

El sol hacía brillar las puntas de sus pelos por todo lo largo de su lomo. Con ese negro reluciente y sedoso el oso se irguió sobre sus patas traseras, a media altura y observó con detención a Brian, exactamente como si le analizase, acto seguido se agachó y se dirigió lentamente hacia la izquierda. Mientras se alejaba con su lento bamboleo iba comiendo bayas, hociqueando y utilizando con delicadeza su jeta para recoger cada baya del tallo, y en unos instantes ya no se le vio. Había desaparecido y Brian ni siquiera se había movido. Su lengua estaba pegada al velo del paladar, con la punta asomada fuera, sus ojos abarquillados y sus manos intentando alcanzar una baya.

A continuación emitió un sonido, un bajo: «Nnnnnngg.» No tenía ningún sentido, era un simple sonido de miedo, de incredulidad de que algo tan enormemente grande se hubiese aproximado tanto a él y habría podido devorarle sin que hubiese sido capaz de hacer nada. Nada. Y cuando apenas había iniciado el sonido, una cosa les sucedió a sus piernas, una cosa contra la que nada pudo hacer y fue que empezaron a correr en dirección opuesta a la del oso, hacia el refugio.

Hubiese corrido todo el rato sin detenerse, de pánico, pero cuando había traspasado los cincuenta metros, su cerebro se impuso y frenó y, finalmente, se paró.

Si al oso se le hubiese antojado, le dictó su cerebro, te hubiese atrapado. Es algo elemental, reflexionó, no tenía sentido seguir alejándose a todo correr. El oso estaba comiendo bayas.

No personas.

El oso no hizo un solo movimiento para lastimarte, ni para amenazarte. Se irguió para verte mejor, para estudiarte, luego prosiguió su camino comiendo bayas. Se trataba de un oso muy grande, pero no te buscaba a ti, no quería hacerte el menor daño, y eso es lo que hay que comprender aquí.

Giró sobre sus talones y avizoró el lugar de las frambuesas. El oso se había ido, los pájaros estaban cantando, no vio nada que pudiese causarle perjuicio alguno. No había ningún tipo de peligro que él pudiese ver o sentir. Por las noches en la ciudad solía a veces haber peligro. No podías ir por la noche al parque por el peligro. Pero aquí el oso únicamente le había observado y había seguido su marcha y —esto afirmó sus razonamientos— las frambuesas estaban riquísimas.

Riquísimas. Muy dulces y ricas y su cuerpo estaba vacío.

Y el oso había demostrado que no tenía intención de compartirlas con él —simplemente había proseguido su marcha.

Y las bayas estaban tan ricas...

Y, pensó, que si no se decidía al fin a regresar y a recoger bayas, tendría que comer de nuevo por la noche esas cerezas despanzurradas.

Esto acabó por convencerle e hizo el camino de regreso a paso lento hasta la parcela de las frambuesas y siguió recogiendo a lo largo de toda la mañana, eso sí, con gran precaución y, cuando una ardilla produjo un ligero crujido entre las agujas de pino en la base de un árbol, por poco se sale de un brinco de su propio pellejo.

Hacia las doce —casi tenía el sol encima exactamente de su cabeza—, las nubes empezaron a concentrarse y tomar un color oscuro. Al poco rato empezó a llover y, tomando lo que había recolectado, se marchó a escape hacia el refugio. Se había comido probablemente un kilo de frambuesas y tendría otro kilo y medio en su cazadora, envueltas en un hatillo.

Llegó al cobertizo en el preciso instante en que las nubes descargaban con fuerza y llovía a cántaros. Muy pronto la arena del exterior estuvo empapada y se formaron innumerables regatillos que fluían hacia el lago. Pero en el interior estaba seco y abrigado. Empezó a colocar las bayas recogidas en los montones clasificados con las cerezas despanzurradas cuando advirtió que las frambuesas rezumaban su jugo a través de la cazadora. Eran mucho más blandas que las cerezas despanzurradas y según parecía se habían aplastado algo bajo su propio peso.

Cuando abrió el hatillo de la cazadora y miró dentro, vio un charco de líquido rojizo. Metió un dedo y comprobó su sabor dulzón y ácido, como la gaseosa sin la efervescencia y, sonriendo satisfecho, se tumbó boca arriba sobre la arena y manteniendo el hatillo sobre su cara, dejó que el zumo chorreara en su boca.

En el exterior la lluvia caía con estruendo, pero Brian permanecía tumbado, bebiendo el almíbar de las frambuesas, seco y sin apenas ya molestias, sin ni siquiera ya entumecimiento alguno, su estómago repleto y un buen sabor de boca.

Por primera vez desde el accidente no pensaba en sí mismo, en su vida. Brian se preguntaba si el oso no se habría sorprendido quizá tanto como él al descubrir a otro en las bayas.

Algo más adelante, cuando ya estaba la tarde avanzada, bajó al lago y se lavó el pegajoso jugo de frambuesa de su cara y manos, a continuación regresó para prepararse para pasar la noche.

Cuando asimiló y comprendió que el oso no había querido dañarle, se había centrado todavía más en sus propias cavilaciones y, una vez que la oscuridad se adueñó del refugio, sacó el hacha de su cinturón y lo colocó en su cabecera sin soltarla de la mano mientras aguantó despierto, y se durmió.

VIII

En un principio pensó que era un gruñido. En mitad de la noche, en la todavía reinante oscuridad del refugio, abrió sus ojos, se despertó y pensó que era un gruñido. Pero era el viento, un viento regular había producido algún ruido en los pinos y le hizo volver en sí, le despertó. Se incorporó sentado y sintió una bocanada de mal olor.

Le aterrorizó. Era un olor a putrefacción, una rancia fetidez que no le recordó más que las tumbas llenas de telarañas y polvo y muerte. Sus orificios nasales se ensancharon y abrió aún más los ojos, pero nada pudo distinguirse. Todo estaba demasiado lóbrego, una tenebrosidad tan intensa que hasta los nubarrones tapaban la débil luz de los luceros y no podía ver. Pero el olor era penetrante, nauseabundo y llenaba todo el refugio. Pensó en el oso, pensó en Pies Grandes y en todos los monstruos que había visto en todas las películas de terror y sentía los latidos de su corazón en la garganta misma.

Después oyó el deslizamiento. Un ruido como de roce, un escurridizo sonido de rozamiento a sus pies; y soltó un patadón tan violento como pudo, pateó y arrojó el hacha al ruido, mientras su garganta emitía un ruido. Pero el hacha marró y fue a golpear las rocas despidiendo una rociada de chispas, y sus piernas se encogieron instantáneamente con dolor, como si le hubieran clavado cientos de agujas.

—Unnnnngh.

Entonces gritó, de dolor y espanto, y retrocedió reculando cómicamente sobre su trasero hasta la esquina del refugio, respirando afanosamente por la boca, esforzándose por ver, por oír.

El rozamiento se produjo de nuevo, al principio pensó que hacia él, y el terror le agarrotó conteniendo su respiración. Se dio cuenta de que podía ver una oscura forma baja, un bulto en la oscuridad, una sombra con vida, pero que ahora se movía hacia fuera, escabulléndose y restregando el suelo salió y le vio o al menos le pareció ver salir por la abertura de la puerta.

Permaneció quieto en su sitio un momento, inspiró ruidosamente un poco de aire y lo contuvo, prestando oídos no fuera que regresase el agresor. Cuando ya era evidente que la sombra no iba a volver, sintió la pantorrilla de la pierna, donde se había concentrado el dolor y cómo éste se extendía por toda la pierna. Sus dedos palparon con tiento un conjunto de agujas que se habían clavado en la parte blanda de su pantorrilla atravesando los pantalones. Eran rígidas y muy afiladas en las puntas que habían quedado fuera, y comprendió entonces quién había sido el agresor. Un puercoespín había entrado por casualidad en el cobertizo y cuando le soltó el patadón, aquella cosa le había sacudido con su mata de púas.

Tocó con sumo cuidado cada una de las púas. El fuerte dolor le causaba la sensación como si le hubiesen clavado docenas de ellas, pero tan sólo había ocho, cosiendo la tela del pantalón a su piel. Se apoyó atrás en la pared un minuto. No podía dejarlas ahí, tenía que sacárselas, pero con sólo rozarlas le producían un dolor más que intenso.

Con qué rapidez, pensó. Con qué rapidez cambian las cosas. Cuando se había acostado para dormir se sentía totalmente satisfecho y en el transcurso de unos instantes todo era diferente. Cogió una de las pinchas, contuvo el aliento, y gritó. Notaba en su cerebro frecuentes oleadas de dolor, pero cogió otra y tiró, y a continuación otra púa más. Cuando ya se había arrancado cuatro, descansó un momento. El dolor había pasado de ser una lesión local a una zona rojiza y caliente por toda la pierna y eso le obligó a retener la respiración.

Algunas púas se habían hincado más profundamente que las

otras y le producían un desgarro cuando se las extraía. Respiró dos veces profundamente, expiró la mitad del aire y continuó su labor. Grito, pausa, grito, y así tres veces más hasta que se pudo tumbar en medio de la oscuridad con la faena rematada.

El dolor le inundó la pierna y con él hicieron acto de presencia nuevas sensaciones de autocompasión. Sentado solitario en la oscuridad, con la pierna dolorida, algunos mosquitos acosándole, empezó a llorar. Todo esto era excesivo, excesivo y no podía soportarlo. Al menos no de la forma como se presentaba.

No puedo soportarlo así, solo, sin fuego y en la oscuridad, la próxima vez podría ser algo peor, podría tratarse de un oso, y ya no serían púas en la pierna, se trataría de algo mucho peor. No puedo aguantar esto, pensó, vez tras vez. No puedo. Brian se arrastró hasta que estuvo sentado derecho en la esquina de la covacha. Colocó la cabeza sobre sus brazos entre las rodillas, con el entumecimiento apoderándose de su pierna izquierda, y empezó a llorar hasta hacerlo a gritos.

No sabía cuánto duró aquello, pero más tarde consideró el tiempo de lloriqueo en el rincón de la oscura covacha y la analizó como cuando aprendió la primera regla de supervivencia y era que ese sentimiento de compasión de sí mismo no servía para nada. No es que fuese un sistema equivocado o que pudiese ser considerado incorrecto. Es que era inoperante. Cuando se sentó en el rincón y lloró y se acabó, todo había consistido en eso, nada había cambiado. Todavía le dolía la pierna, aún era noche cerrada, estaba solo todavía y su autocompasión no había conseguido nada.

Se durmió de nuevo otra vez, pero su proceso cambió y su sueño era superficial, un reposado sueño ligero más bien que un sueño profundo, con pequeños ruidos que le interrumpieron el sueño dos veces despertándole por la noche. En el último período de este sueño ligero, antes de que apareciese la luz del día, antes de que se despertase al fin con el alba y las nubes de mosquitos, soñó. En esta ocasión no fue con su madre, no con el Secreto, sino con su padre al principio y con su amigo Terry en segundo lugar.

En el fragmento inicial del sueño su padre estaba de pie en un salón mirándole a él y por su expresión se deducía fácilmente que estaba intentando comunicarle algo a Brian. Sus labios se movían, pero no había sonido, ni un susurro. Hacía señales con las manos a Brian, gesticulaba enfrente de su cara como si estuviese rasguñando algo, y se esforzaba por marcar una palabra con la boca, pero Brian no podía descifrar esto al principio. Luego sus labios marcaron la forma *mmmmmmmmmm* pero sin emitir sonido. *Mmmmmmmaaaa.* Brian no podía oírlo, no podía entenderlo y lo deseaba con toda su alma, era de vital importancia entender a su padre, saber lo que estaba diciendo. Intentaba ayudar, y ayudar con un gran esfuerzo, y como Brian no pudo comprenderle pareció malhumorado, igual que cuando Brian formulaba la misma pregunta más de una vez, y desapareció. El padre de Brian se esfumó en un lugar nebuloso en el que Brian no podía ver y el sueño casi se terminaba, o así lo parecía, cuando se acercó Terry.

No hacía ademanes a Brian sino que estaba sentado en un banco del parque contemplando una barbacoa de construcción y durante un tiempo nada aconteció. Al poco tiempo se levantó y cogiendo unos trozos de carbón vegetal de una bolsa los echó al hueco de encender el fuego, luego los roció con un líquido inflamable, los rozó levemente con un parpadeo de su mechero y prendió el líquido. Cuando ya estaba todo ardiendo y el carbón vegetal estaba poniéndose rojo, se volvió y advirtió la presencia de Brian por primera vez desde que había empezado el sueño. Dio media vuelta y sonrió y le indicó el fuego como si quisiera decir, mira, un fuego.

Pero esto no significaba nada para Brian, excepto que él hubiese deseado tener un fuego. Sobre la mesa que estaba al lado de Terry vio una bolsa de la compra. Brian pensó que contendría perritos calientes y patatas fritas y mostaza y únicamente se le ocurrían cosas de comer. Pero Terry sacudió su cabeza negativamente y señaló otra vez el fuego, y señaló el fuego dos veces más aún, obligó a Brian a contemplar las llamas, y Brian sintió que su fracaso y su rabia se encendían y pensó de acuerdo, de acuerdo, ya veo el fuego, pero y ¿qué? No tengo fuego. Ya sé lo del fuego. Sé que necesito un fuego.

Ya lo sé.

Abrió sus ojos y ya había luz en la cueva, una cenicienta y débil luz matutina. Enjugo su boca y trató de mover la pierna que se había quedado rígida como un leño. Sentía sed, y hambre y se comió unas cuantas frambuesas de la cazadora. Se habían deteriorado algo, presentaban un aspecto más blandurrio y pulposo, pero aún conservaban un gustoso dulzor. Aplastó las bayas contra el techo del paladar con la lengua y bebió el dulce jugo que se deslizó por su garganta. Un destelló metálico atrajo la atención de sus ojos y vio su hacha en la arena, en el lugar en el que se lo había lanzado al puercoespín en la oscuridad de la noche.

Se volvió y puso una mueca de dolor cuando dobló su pierna rígida, y fue a gatas hasta donde estaba la hachuela. La recogió, la examinó y vio una desportilladura en la parte de arriba de la cabeza.

La muesca no era grande, pero el hacha era importante para él, constituía su única herramienta, y no debía haberla arrojado. La debería mantener en la mano y servirse de ella como de un utensilio que le ayudase a rechazar el ataque de cualquier animal. Se haría una estaca, pensó, o una lanza, y guardaría el hacha. Algo le cruzó por la mente entonces, una idea según estaba sosteniendo el hacha, algo sobre el sueño y su padre y Terry, pero no fue capaz de concretarlo en ese instante.

—Ahhh...

Salió a gatas con dificultad y se puso de pie enfrentándose al sol de la mañana y estiró los músculos de la espalda y su pierna entumecida. Todavía sujetaba el hacha con su mano, y cuando la alzó y la levantó sobre su cabeza, los primeros rayos del sol de la mañana incidieron en él. La primera débil luz golpeó la superficie plateada del hacha y ésta despidió un brillante destello dorado a plena luz. Igual que el fuego. Ya está, pensó, lo que trataban de decirme.

Fuego. El hacha era la clave de todo aquello. Cuando en la cueva había lanzado el hacha al puercoespín y había fallado su puntería, había golpeado la pared rocosa y había salido una rociada de chispas, un chorro de chispas doradas en plena oscuridad, un fuego tan dorado como lo era el sol ahora.

El hacha era la respuesta. Eso era lo que tanto su padre como el propio Terry estaban intentando comunicarle. Podría obtener el fuego del hacha de alguna manera. Las chispas provocarían el fuego.

Brian regresó al refugio y analizó la pared. Se trataba de una especie de granito cretoso o piedra arenisca en la que se hallaban incrustadas vetas de piedra más dura, una piedra más oscura y más consistente. Tardó sólo unos segundos en descubrir el sitio en el que había golpeado el hacha. El acero se había mellado en el borde de una de esas vetas de piedra más consistente y oscura. Brian giró la cabeza del hacha de forma que cuando golpeara lo hiciese con la parte trasera del hacha y atizó un golpe tímido a la roca. Demasiado suave, y nada ocurrió. Golpeó más fuerte, un contundente golpe sesgado, y dos o tres raquíticas chispitas chisporrotearon y se consumieron inmediatamente.

Desplazó más el brazo, agarró el hacha de forma que sacudiese un golpe más prolongado y raspante, y de la roca negra manó un surtidor de fuego. Despedía chispas de tal densidad que varias saltaron y salpicaron la arena de debajo de la roca y sonrió satisfecho y golpeó una y otra vez.

Podría tener fuego aquí, pensó. Tendré un fuego aquí, pensó, y atizó otro golpe; obtendré fuego con mi hacha.

IX

Brian se dio cuenta de que había un gran camino que recorrer desde hacer saltar chispas hasta obtener el fuego.

Era evidente que tenía que tener algo sobre lo que las chispas prendieran, algún tipo de yesca o leña menuda —pero ¿qué?—. Trajo un manojo de hierba seca, arrojó chispas sobre él y comprobó cómo se extinguían. Probó con ramillas y palitroques desmenuzados en pequeños fragmentos, pero el resultado era peor que con la hierba. Pasó a probar una mezcla de ambos sistemas, hierba y palillos.

Nada. No tenía problemas para hacer saltar las chispas, pero las minúsculas esquirlas de piedra caliente o metal —no sabía decir de qué naturaleza eran— simplemente chisporroteaban y se apagaban.

Desesperado, se puso de cuclillas observando el esmirriado montoncillo de hierba y palillos.

Necesitaba algo todavía más fino, algo blando y delgado y velloso que prendiera ante los chispazos de fuego.

Unas tiras de papel le vendrían como anillo al dedo, pero no tenía papel.

—Caliente —dijo en voz alta—, caliente...

Colgó el hacha de nuevo en su cinturón y salió fuera del cobertizo, cojeando por su pierna dolorida. Tenía que haber necesariamente algo, tenía que haberlo. El hombre había hecho fuego. Se ha hecho fuego durante miles, millones de años. Debe haber un procedimiento. Hurgó en sus bolsillos y encontró el billete de veinte dólares en su cartera. Papel. Un papel sin el mínimo valor allí donde estaba. Pero podría hacer que prendiera el fuego...

Desgarró el billete en trocitos diminutos, hizo un pequeño montículo con los fragmentos y proyectó chispas sobre ellos. No sucedió nada. No prendían las chispas. Con todo, tenía que haber algún sistema, algún sistema de hacerlo.

A no más de siete metros a su derecha, colgando sobre el agua había abedules y estuvo observándoles de pie durante un buen minuto antes de que se quedaran grabados en su mente. Tenían un bonito blanco en su corteza como si fuese papel limpio y ligeramente moteado.

Papel.

Se encaminó hacia los árboles. De las zonas en las que la corteza estaba desprendiéndose de los troncos pellizcó minúsculos zarcillos, casi pelusas. Brian despeluchó algunos dejándolos muy mullidos, los enrolló en sus dedos. Parecían inflamables, secos y empolvados. Desgajó y estrujó más tiras de los árboles, almacenándolas en una mano mientras que recogía más con la otra, desgajando y ovillando hasta que tuvo una bola del tamaño de una pelota de béisbol.

Acto seguido regresó al interior del refugio y dispuso la pelota de mondas de corteza de abedul debajo de la roca negra. En una ocurrencia de última hora añadió los restos del billete de veinte dólares. Asestó un golpe y un surtidor de chispas cayó sobre la corteza y se extinguió con prontitud. Pero esta vez una chispa se posó sobre un filamento diminuto de corteza seca —casi un hilo de corteza— y dio la impresión de brillar algo más antes de morir.

La materia tenía que ser más fina. Tenía que ser un blando e increíblemente delicado nidal para las chispas.

Debo formar un hogar para las chispas, pensó. Un hogar cálido o no se quedarán, no prenderán el fuego. Empezó a rasgar la corteza, primero utilizó las uñas, y luego, cuando esto ya no servía, usó el aguzado filo del hacha, cortando la corteza en finísimas astillas, en cabellos tan delgados que casi pasaban desapercibidos. Fue una tarea penosa, faena lenta, y no dio de mano hasta el cabo de las dos horas. Hizo un alto en dos ocasiones para tomarse un puñado de bayas y otro para echar un trago en el lago. Luego otra vez al tajo, el sol sobre sus hombros, hasta que por fin tuvo una madeja de pelusa del tamaño de un racimo de uvas; pelusa seca de corteza de abedul.

Colocó su nido de chispas —así lo calificó— bajo la roca, utilizó su dedo pulgar para ahuecar un poco el centro, y golpeó ruidosamente la parte trasera de la cabeza del hacha contra la roca negra. Chorreó una lluvia de chispas hacia abajo, la mayoría cayeron fuera del nido, pero unas pocas, treinta o así, cayeron en el hoyo central y seis o siete de éstas encontraron pábulo y crecieron, permanecieron sin apagarse e hicieron que la corteza adquiriese un rojo brillo.

Luego se apagaron.

Cerca, esto ha estado muy cerca. Volvió a colocar el nido, hizo con el pulgar un hueco nuevo y más reducido y golpeó de nuevo.

Más chispas, un brillo instantáneo, a continuación nada.

Soy yo, pensó. Algo estoy haciendo mal. No lo sé; un hombre primitivo ya hubiese encendido un fuego, un hombre del Cro-Magnon ya hubiese tenido su fuego ahora, pero yo no sé. Pero yo no sé ingeniarme para encender un fuego.

A lo mejor es que no arranco las chispas necesarias. Situó el nido en su sitio una vez más y azotó la roca con una serie de golpes, tan rápido como pudo. Las chispas brotaron como una catarata de oro. Al comienzo parecían prender, hubo bastantes, muchas chispas que recobraron fuerza y prendieron brevemente, pero se extinguieron todas.

Muertas de inanición.

Se echó para atrás. Están como yo. Están muertas de hambre. Esto no era cantidad suficiente para ellas, había muchas chispas pero necesitaba más.

Haría un disparate, pensó de repente, por un puñado de cerillas. Sólo un puñado. Nada más que una caja. Haría un disparate.

¿Qué hace el fuego? Pensó en el colegio. En todas las clases de ciencias. ¿Había aprendido qué hacía fuego? ¿Había en alguna ocasión un profesor sugerido: «esto es lo que produce fuego...»?

Movió la cabeza, intentó concentrar su mente. ¿Qué se necesitaba? Uno tiene que tener combustible —caviló— y él tenía de eso. La corteza era combustible. Oxígeno, tenía que haber aire.

Tenía que añadir aire. Tenía que abanicar, que soplar.

Formó urgentemente el nido otra vez, levantó el hacha hacia atrás, la empuñó tensamente, y asestó cuatro rápidos mandobles.

Saltaron las chispas hacia abajo y se agachó lo más rápido que pudo y sopló.

Demasiado fuerte. Se produjo un brillante, casi intenso destello, luego se esfumó. Lo había apagado.

Otra serie de mandobles, más chispas. Se agachó y sopló, pero con delicadeza esta vez, aguantando y apuntando el chorro de aire de su boca hacia el lugar más brillante. Cinco o seis chispas habían caído en una apretujada maraña de hilillos de corteza y Brian concentró allí todos sus esfuerzos.

Las chispas se agrandaron con su delicado aliento. El brillo rojo pasó desde las mismas chispas a la corteza, cambió y creció y se convirtió en lombricillas, luciérnagas de luz roja que correteaban por los filamentos de corteza y se pasaban a otros hilos de corteza y se agrandaban hasta que se formó una cavidad roja del tamaño de una cuarta, una refulgente ascua de calor.

Y cuando se quedó sin aliento e hizo una pausa para inhalar, de repente la madeja roja despidió llamaradas.

—¡Fuego! —gritó—. ¡He hecho fuego! Lo tengo, lo tengo, lo tengo...

Pero las llamas eran espesas y untuosas y ardían rápidamente consumiendo el bolo de corteza con tanta rapidez como si fuera gasolina. No tuvo más remedio que alimentar las llamas, mantenerlas ardiendo. Actuando con la mayor rapidez posible echó con cuidado encima de la corteza la hierba seca y los trozos de madera del primer intento de fogata y quedó satisfecho al ver que prendían.

Pero se agotaban con celeridad. Necesitaba más y más. No podía permitir que las llamas se apagaran.

Salió disparado desde el refugio hasta los pinos y empezó a partir las ramas secas y delgadas. En cuanto las acarreó al refugio, regresó por más, las llevó dentro y se agachó para partir leña y seguir alimentando las llamas. Cuando la madera delgada ya iba buena, salió y buscó madera más gruesa y no paró hasta que ésta se encendió bien. Luego se apoyó contra el quicio de su puerta abierta y sonrió.

Tengo un camarada, pensó, tengo un camarada ahora. Un camarada que devora, pero un buen camarada. Tengo un camarada llamado fuego.

—Hola, fuego...

La concavidad de la roca de atrás formaba el encajonamiento de una chimenea casi perfecta que encarrilaba el humo hacia arriba a través de las rendijas del tejado, pero sin embargo mantenía el calor. Si mantenía el fuego pequeño sería perfecto para impedir que cualquier cosa como el puercoespín intentara traspasar la puerta otra vez.

Un amigo y un guardián, pensó.

Tanto de unas chispas. Un amigo y un guardián de unas insignificantes chispas.

Miró a su alrededor y deseó que hubiese habido alguien para poder contarle eso, para enseñarle lo que había hecho. Pero no había nadie.

Nada excepto los árboles y el sol y la brisa y el lago.

Nadie.

Y pensó, empalmando pensamientos, con el humo dibujando espirales sobre su cabeza y la sonrisa todavía en su rostro, pensó: me pregunto qué estarán haciendo en estos momentos.

Me pregunto qué está haciendo mi padre ahora.

Me pregunto qué está haciendo mi madre ahora.

Me pregunto si ella se encuentra con él.

X

Al principio era incapaz de abandonar el fuego.

Era tan preciado para él, tan cercano y cariñoso ser, las rojas y amarillas llamas iluminando la oscuridad interior del refugio, el entretenido crepitar de la madera seca al quemarse, que se veía incapaz de abandonarlo. Fue hasta los árboles y porteó tantas ramas secas como pudo trocear y cargar —a pesar de que estaba transcurriendo la mitad del día y hacía calor— y las partió en trozos pequeños y avivó el fuego.

No permitiré que te consumas, dijo para sus adentros, a las llamas; jamás. En consecuencia, permaneció sentado buena parte del día, avivando las llamas, alimentándose de su provisión de frambuesas, dejándolo sólo para beber agua del lago cuando sentía sed. Ya entrada la tarde, con el rostro tiznado de humo y la piel colorada por el calor, se decidió por fin a hacer planes sobre lo que tenía que hacer.

Necesitaría un buen rimero de leña que aguantara toda la noche. Resultaría imposible encontrar leña en el transcurso de la noche, así que tenía que tenerla preparada dentro y cortada y apilada antes de que el sol se pusiese.

Brian se aseguró de que el fuego contaba con un buen montón de madera nueva, salió del refugio y empezó a buscar para abastecerse de una considerable provisión de combustible.

En lo alto de la colina, próxima a su campamento, el mismo viento huracanado que había despejado una franja para tomar tierra la avioneta —¿hacía eso tres o cuatro días?—, había derribado tres grandes pinos que estaban superpuestos entre sí. Estaban ya secos ahora, secos y llenos de ramas muertas y agostadas, suficiente para muchos días. Troceó y partió y acarreó madera hasta el campamento, apilando los trozos bajo el saledizo hasta que tuvo lo que creyó ser una enorme pila, a la altura de su cabeza y con una longitud en su base de dos metros. Entre viaje y viaje añadió algunos trozos al fuego para mantener las llamas y en uno de sus viajes para acarrerar madera se dio cuenta de una nueva ventaja que el fuego le ofrecía por añadidura. Cuando estaba a la sombra de los árboles partiendo ramas, los mosquitos se abalanzaron sobre él, como de costumbre, pero cuando llegó al fuego, o mejor, cerca del fuego, donde el humo se arremolinaba y formaba como torbellinos, los mosquitos se marcharon.

Fue un feliz descubrimiento. Casi le habían hecho enloquecer los mosquitos y la idea de poder desembarazarse de ellos elevó su espíritu. En otro viaje miró hacia atrás y vio el humo subir entre espirales por entre los árboles y se dio cuenta por primera vez, de que ahora disponía de un medio para hacer señales. Podría transportar un palo ardiendo y levantar una pira de fuego como señal encima de las rocas, formar nubes de humo y quizá llamar la atención.

Lo que significaba más madera. Y más madera todavía. No parecía tener fin la madera que necesitaría y empleó el resto de la tarde hasta el anochecer haciendo portes de madera.

Cuando oscureció, se preparó de nuevo para la noche, pegado al fuego con el montón de pequeños trozos preparados para ser echados, y se comió las frambuesas que quedaban. Tras la tarea del día entero, notaba la pierna más suelta, pero todavía le molestaba un poco, la frotó y observó el fuego y pensó por primera vez desde el accidente que podía hacer unas cuantas cosas, que podía empezar a hacer algo que no fuese el mero estar sentado.

Estaba sin comida, pero podía buscar al día siguiente y también podía al día siguiente levantar una señal de humo y acarrear más madera, al día siguiente...

El fuego anuló el frío de la noche y se preparó para dormir pensando en el mañana.

Dormía profundamente y no estaba seguro qué fue lo que le despertó, pero abrió los ojos y empezó a escudriñar a través de la oscuridad. El fuego había dejado de arder pero buscó y lo removió con un pedazo de madera y encontró un rescoldo de tizones aún relucientes y rojos. Con astillas de madera y un soplido cuidadoso pronto vio brotar una llama otra vez.

Había estado a punto. Debía asegurarse de poder dormir en cortos intervalos de forma que pudiera mantener funcionando el fuego, y empezó a idear la forma de poder regular el sueño, pero le produjo sueño el ponerse a pensar en ello y, ya iba a caer de nuevo, cuando oyó el ruido en el exterior.

No era como el ruido del puercoespín, algo deslizante y que se arrastraba sobre la arena, pero cuando se asomó por la abertura de la puerta estaba todo tan oscuro que no vio nada.

Fuese lo que fuese se detuvo produciendo ese ruido durante unos instantes y creyó haber oído algo como un chapoteo en la orilla del agua, pero como ahora disponía de la fogata y de una buena pila de madera no se mostró tan preocupado como lo había estado la noche anterior.

Cogió un sueño ligero, durmió durante cierto tiempo, se despertó de nuevo a la luz grisácea del amanecer, y atizó el todavía humeante fuego añadiendo más madera antes de salir al exterior y estirarse de pie. De pie, con los brazos extendidos por encima de su cabeza y el tirante nudo del hambre en el estómago, miró hacia el lago y vio las huellas.

Eran raras, una línea central principal con señales de zarpa laterales subía desde el lago y se dirigía a un montículo de arena, luego volvía a entrar en el lago.

Las siguió caminando y se agachó sobre ellas, las analizó, intentó encontrar una explicación coherente.

Desde el lago hasta un montículo de arena, luego de nuevo al agua. Algún animal. Alguna especie de animal que había subido por la arena para... para hacer ¿qué?

¿Para hace algo con la arena? ¿Para jugar y formar un montículo en la arena?

Sonrió. Chico de ciudad, urbanícola, pensó. Oh, chico urbanícola, con tus reacciones de ciudad; se formó una imagen en su mente, una imagen de sí mismo, y contempló el aspecto que debía tener. Muchacho de ciudad, con tus características de ciudad sentado en la arena intentando leer unas huellas y viéndose incapaz, sin entender nada. ¿Por qué algo salvaje iba a salir del agua para jugar con la arena? Ni hablar, los animales no actuaban de esa forma. No malgastaban su tiempo así.

Lo que fuese había salido del agua por alguna razón concreta, una buena razón, y él tenía que intentar comprender esa razón, tenía que llegar a la total comprensión de esa razón o nada.

Había subido desde el agua por una razón, pensó de cuclillas, que esa razón tenía que ver con el montón de arena.

Apartó suavemente con la mano la cúspide, pero únicamente encontró arena húmeda. Con todo, tiene que existir una razón. Y prosiguió rascando y excavando con cuidado hasta que, a unos diez centímetros de profundidad, alcanzó de repente una reducida cámara de arena fresca y húmeda y allí había depositados huevos, muchos huevos, huevos casi perfectamente redondos del tamaño de las pelotas de tenis, y entonces se rió porque ya lo sabía.

Había sido una tortuga. Había visto un documental en televisión acerca de las tortugas marinas que salían a las playas y enterraban sus huevos en la arena. Debían existir también tortugas de agua dulce que hacían lo mismo. A lo mejor las tortugas mordedoras. Llegaban a hacerse muy grandes, pensó. Debe haber sido una de esas tortugas mordedoras la que se acercó por la noche cuando oyó el ruido que le despertó; entonces fue cuando subió y puso los huevos.

Comida.

Más que huevos, más que haber resuelto el enigma, más que cualquier otra cosa, eso era comida.

A la vez que contemplaba los huevos, su estómago se estrechaba, se retorcía, emitía ruidos sordos, como si su estómago perteneciese a otra persona diferente o bien que tuviese ojos propios y al ver los huevos reclamase su ración de comida. El hambre, siempre agazapada ahí, había sido algo controlado y aletargado mientras no tuvo nada que comer, pero ahora, ante la presencia de los huevos, había lanzado su grito de exigencia de comida. Todo su cuerpo reclamaba alimento con tal intensidad que su respiración se aceleró.

Rebuscó en el nido y extrajo los huevos uno a uno. Había diecisiete en total. Todos redondos como bolas y blancos. Tenían cáscaras como si fuesen piel que cedían en lugar de romperse cuando los apretaba.

Cuando los tuvo todos amontonados en la arena formando una pirámide —no sabía por qué nunca se había sentido tan rico—, se dio cuenta de repente que no sabía cómo había que comerlos.

Tenía fuego, pero no con qué cocinarlos, ninguna cazuela, y nunca creyó que llegara a comerse un huevo crudo. Tenía un tío que se llamaba Carter, hermano de su padre, que siempre vertía un huevo en su vaso de leche y se lo bebía cada mañana. Brian le vio hacer eso una vez, tan sólo una única vez, y cuando la viscosa parte de la clara pasó del vaso a la boca de su tío y atravesó su garganta de un trago, Brian por poco echa hasta la última papilla.

Calma, calma. A medida que su estómago se le pegaba al espinazo, él se notaba cada vez menos tiquismiquis. Los indígenas en algunos lugares del mundo comían langostas y hormigas y si ellos se comían esas cosas por qué motivo no iba a ser él capaz de comer un huevo crudo.

Cogió uno e intentó partir el cascarón y lo encontró sorprendentemente resistente y correoso. Finalmente afiló un palitroque con el hacha y abrió un orificio en el huevo. Ensanchó el orificio con un dedo y observó el interior. Ni más ni menos que un huevo. Tenía una yema con un amarillo muy oscuro y no tanta clara como él creía que tendría.

Un huevo sin más.

Comida.

Sólo tenía que comerse un huevo. Crudo.

Miró al otro extremo del lago y acercó el huevo a su boca y cerró los ojos y sorbió y espachurró el huevo al tiempo y lo engulló tan rápido como pudo.

—Ecch...

Tenía un sabor a manteca, casi aceitoso, pero era un huevo sin embargo. Su garganta provocó un amago de devolverlo al exterior, el cuerpo entero pareció estremecerse ante la arcada, pero su estómago lo aceptó, lo mantuvo, y exigió más.

La operación resultó más fácil con el segundo, y con el tercero ya no tuvo dificultad alguna, simplemente se coló. Se comió seis en total, podría haberse comido todos y no sentirse saciado, pero una parte de sí mismo le sugirió que se detuviera, que guardase los restantes.

No podía dar crédito al hambre. Los huevos le habían desatado toda su furia, lanzaba rugidos, le desgarraba. Una vez comido el sexto huevo rasgó el cascarón totalmente y lamió a fondo el interior, después hizo lo mismo con los otros cinco y los limpió a lametazos con tanta ansia que se preguntó si no podría también comerse los cascarones. Algún alimento tendrían ellos también. Pero cuando probó advirtió que eran demasiado correosos para masticarlos y que no podría tragarlos.

Se puso de pie y se apartó de los huevos un instante de forma que no pudiese verlos. Si los miraba más no tendría más remedio que comerse alguno más.

Los almacenaría en el refugio y se comería uno cada día. Dominó de nuevo su hambre, la controló. Los cogería ahora mismo y los almacenaría y los conservaría para comerse uno al día, pero, al cavilar todo eso, se dio cuenta de que se había olvidado de que *ellos* podrían venir. Los buscadores. Seguro, vendrían antes de que pudiera comerse los huevos a razón de uno por día.

Se había olvidado de ellos y eso no estaba bien. Tenía que seguir pensando en ellos ya que, si no pensaba en ellos y los olvidaba, ellos podrían olvidarse de él.

Y tenía que mantener viva la esperanza.

Tenía que mantener viva la esperanza.

XI

Tenía que hacer esas cosas.

Trasladó todos los huevos desde la pequeña playa hasta el refugio y allí los volvió a enterrar en la arena cerca de donde dormía. Tuvo que hacer un ingente esfuerzo para no comerse otro huevo mientras estaba trasladándolos, pero una vez enterrados y fuera del alcance de su vista, todo resultó más llevadero. Reanimó el fuego con más leña y limpió el recinto de su campamento.

Da risa, limpiar el campamento. Todo cuanto hizo fue sacudir un poco todas las partes de su cazadora y tenderla al sol para que se secase el jugo de frambuesa que la empapaba, y allanar la arena sobre la que se acostaba.

Fue algo mental. Había caído en una depresión al pensar en que no le habían localizado todavía, y cuando estaba atareado y tenía algo que hacer parecía que la depresión se alejaba.

Así que tenía que hacer cosas.

Con el campamento ya aviado, volvió a traer más madera. Había decidido tener siempre algo entre manos durante tres días y después de pasar la noche con su amigo el fuego, se dio cuenta del montón de leña que iba a hacer. Trabajó durante toda la mañana en la madera, desgajando ramas secas y partiéndolas o desmenuzándolas en trozos más cortos, apilándolos debajo del saliente. En una ocasión hizo un alto para beber en el lago y en el reflejo de su imagen comprobó que la hinchazón de la frente había prácticamente desaparecido. No sentía daño alguno así que supuso que ya no tenía por qué preocuparse de ella. Su pierna había recobrado asimismo su normalidad, aunque tenía una serie de pozuelos —enormemente parecidos a estrellitas— en los lugares donde las púas se habían clavado, y cuando se quedó de pie en el lago abasteciéndose se dio cuenta de que su cuerpo estaba transformándose.

Nunca había sido gordo, pero sí algo chaparro con unos kilos de más en los costados, exactamente por encima del cinturón.

Esos kilos habían desaparecido totalmente y su estómago se había hundido por el hambre pasada y el sol le había tostado y quemado, así que estaba curtido, y con el humo de la fogata su cuerpo empezaba a parecer de cuero. Pero el cambio se había operado más en su mente que en su propio cuerpo, o —al ritmo que seguía— así iba a ser.

No soy el mismo, reflexionó. Veo y oigo de diferente manera. No sabría decir cuándo se había operado el cambio, pero el caso era que había sucedido; si ahora un ruido llegaba a sus oídos, no lo había oído cuando ya sabía de qué se trataba. Se volvía y lo veía —un tallo partido, un movimiento del aire— y conocía el sonido como si su mente de algún modo pudiese remontarse desde las ondas del sonido hasta su origen.

Era capaz de saber de qué tipo de ruido se trataba casi antes de darse cuenta de que lo había oído. Y cuando veía algo —un pájaro moviendo un ala en un arbusto, o un rizo en el agua— realmente veía esa cosa y no sólo lo notaba tal como solía notar las cosas en la ciudad. Era capaz de ver todos los detalles de lo que fuese; ver el ala completa, las plumas, ver el color de las plumas, ver el arbusto, y el tamaño y la forma y el color de sus hojas.

Veía cómo la luz variaba con los rizos del agua y que era el viento el que producía esos rizos y la dirección que debía tomar el viento para que esos rizos se produjesen en un sentido determinado.

Nada de todo esto solía caracterizar a Brian y ahora todo eso formaba parte de él, una parte modificada de él, una parte nacida dentro de él, y ambas partes, su mente y su cuerpo, se habían conjuntado tan bien, se habían trabado tan perfectamente el uno con la otra que ni siquiera lo entendía. Cuando sus oídos percibían un sonido o sus ojos avistaban algo de interés, su mente tomaba el control de su cuerpo. Sin ni siquiera pensarlo, él se movía en dirección al sonido o la imagen, se movía para disponerse a lo que fuere para hacerle frente.

Tenía que hacer cosas.

Cuando la tarea de la leña estuvo realizada, se dispuso a preparar una marca de señalización con fuego. Ascendió hasta la cima de la cresta de la roca que abarcaba hasta los riscos que estaban encima del refugio y le satisfizo encontrar una amplia y plana superficie rocosa.

Más leña, pensó, protestando para sus adentros. Bajó hasta los árboles caídos y encontró más ramas secas; las acarreó a la roca hasta que estuvo seguro de tener suficiente para una hoguera. Pensó en un principio hacer una señal de fuego cada día, pero no era posible; no sería capaz de abastecerla con la madera requerida. Así que, mientras trabajaba, decidió tener todo dispuesto para el fuego y, si oía un motor, o creía incluso oír el motor de un avión, subiría corriendo con una rama ardiendo y encendería su señal de fuego.

Cosas que hacer.

En el último viaje a la cima del área rocosa con más madera se detuvo, se sentó en un punto desde el que dominaba todo el lago y descansó. El lago permanecía ante él, a unos siete metros más abajo, y no lo había visto de esa manera desde el día en que había caído con la avioneta. Recordando el accidente tuvo un momento de vacilante miedo, un pequeño tirón de terror que le cortó la respiración, pero pasó en seguida y al instante quedó sumido en la belleza del paisaje.

Era tan sorprendentemente bonito que no parecía real. Desde su altura podía avistar no sólo el lago, sino una buena parte del bosque de la otra orilla, una alfombra verde, y que estaba rebosante de vida. Pájaros, insectos; había un constante zumbido y una constante canción. En el otro extremo del fondo de la L había otra enorme roca sobresaliendo del agua y sobre la roca un pino retorcido había encontrado quién sabe cómo alimento y había crecido y se había curvado y torcido. Posado en una rama había un pájaro azul con cresta y pico afilado, un martín pescador —se acordó de una lámina que había visto en cierta ocasión— que abandonó la rama mientras lo contemplaba y se sumergió en el agua. Emergió una décima de segundo más tarde. Llevaba en su boca un pececillo, meneándose nerviosamente y despidiendo destellos plateados por el sol. Transportó el pez hasta una rama, lo sacudió dos veces y se lo tragó entero.

Peces.

Naturalmente, pensó. Había peces en el lago y eran comida. Y si un pájaro podía hacerlo...

Bajó disparado la ladera de los riscos y se dirigió corriendo al borde del lago, mirando dentro del agua. Nunca se le había ocurrido mirar *dentro* del agua —sólo a la superficie—. El sol le cegaba los ojos y se hizo a un lado y se quitó los zapatos y vadeó el lago a unos cinco metros. Luego se volvió y se quedó fijo de pie, con el sol a la espalda, y escudriñó el agua de nuevo.

Estaba, lo vio tras unos momentos de pausa, literalmente repleto de vida. Los pececillos nadaban por todas partes, algunos estrechos y alargados, otros redondeados, la inmensa mayoría de ellos tenían seis o siete centímetros de largo, otros más anchos y mucho más pequeños. Había una zona de cieno al lado que conducía a aguas más profundas y pudo distinguir viejas conchas de caracolas, por tanto tenía que haber caracolas. Mientras miraba, un ástaco, parecido a un diminuto bogavante, salió de una de las conchas de caracola vacías y se dirigió a otra en busca de algo para comer, excavando con sus patas.

Cuando estaba de pie, uno de los pequeños y rechonchos peces se situó muy cerca de sus piernas, se quedó quieto, se preparó y clavó su mano como una salvaje puñalada para atrapar alguno de ellos. Salieron proyectados en todas direcciones cientos de parpadeos de luz instantánea, con tal velocidad que no tenía la menor oportunidad de atraparlos con ese sistema. Pero regresaron de inmediato, parecían sentir curiosidad por él, y, según iba saliendo del agua, iba ideando la forma de servirse de esa curiosidad para atraparles.

No tenía anzuelos ni sedal, pero si fuese capaz de cebarlos de algún modo en la zona poco profunda —y fabricarse un arpón, un pequeño arpón para peces—, podría clavarlo con la suficiente rapidez como para atrapar uno.

Tendría que buscar el tipo de madera adecuada, delgada y recta —había visto algunos sauces a lo largo del lago que podrían servir—, y con el hacha los afilaría y les daría la forma adecuada por la noche junto al fuego. Y eso le recordó el fuego al que tenía que alimentar de nuevo. Echó un vistazo al sol y calculó que ya comenzaba la tarde y cuando pensó lo rápido que había pasado el tiempo, pensó también en que podía premiarse con otro huevo por todo el trabajo que había hecho y eso le hizo considerar que algún tipo de postre tampoco hubiera estado de más —sonrió cuando pensó en el postre, muy gracioso— y se preguntó si sería conveniente dejar el lago e ir en busca de frambuesas después de echar madera al fuego y, mientras, buscar madera adecuada para un arpón. Madera para arpón, pensó, y todas estas cosas le rondaban juntas por la cabeza, le rondaban y no hacían más que rondarle.

Tenía que hacer cosas.

XII

El arpón no funcionó.

Se quedó al acecho de pie en la zona poco profunda y esperó una y otra vez. Los peces pequeños se acercaban cada vez más y él daba estocada tras estocada, pero siempre resultaban demasiado lentas. Probó pinchar como con un espetón, lanzarlo como una jabalina, todo menos azotar, y nada resultó. Los peces eran demasiado veloces.

La noche anterior estaba segurísimo, completamente creído de que funcionaría lo del arpón. Sentado al amor de la lumbre había tomado la rama de sauce y había pelado minuciosamente su corteza hasta que obtuvo una vara de una longitud de dos metros y un grosor de unos dos centímetros en la punta, más gruesa en el otro extremo.

Luego, encajando el hacha en una fisura de la pared rocosa, pasó repetidas veces por el filo un extremo del arpón desprendiendo una virutilla en cada viaje hasta que quedó este extremo rematado en punta como una aguja. Aún no satisfecho —no podía concebir el acertar en un pez con una sola punta— utilizó con todo cuidado el hacha para partir la punta del arpón por la mitad unos dieciocho o veinte centímetros, y embutió un trozo de madera en una horquilla y así hizo un arpón de dos puntas con cinco centímetros de separación entre una y otra. Era tosco, pero parecía efectivo y prometía buenos resultados cuando lo blandiera fuera del refugio.

Había trabajado en el arpón hasta que pareció algo más que una mera herramienta. Había pasado horas y horas con él y ahora no servía. Se dirigió a la zona de agua poco profunda y se quedó de pie y los peces se aproximaron a él. Exactamente igual que antes, éstos pululaban alrededor de sus piernas, algunos tenían casi quince centímetros de largo, pero probara como probara, eran demasiado rápidos. En un principio intentó el lanzamiento, pero no acertó. En cuanto retiraba el brazo hacia atrás —mucho antes de lanzar— este movimiento los espantaba. A continuación trató de asestarle estocadas soteniendo el arpón cerca del agua e hincándolo bruscamente. Por último, dejó el arpón introducido en el agua y esperó a que algún pez se situara enfrente, pero aún así algo les telegrafiaba a los peces su movimiento antes de la embestida y, viéndolo, se dispersaban instantáneamente.

Necesitaba algo que catapultara el arpón hacia adelante, algo que le imprimiera mayor velocidad que la del pez —una fuerza motriz—. Una cuerda que, tras ser tensada, disparara o un arco. Un arco y una flecha. Una delgada y larga flecha con la punta en el agua y el arco tensado detrás de forma que no tuviese que hacer otro movimiento que soltar la flecha... Sí. Eso era.

No tenía más remedio que «inventar» el arco y la flecha —estuvo a punto de reírse cuando salía del agua para ponerse las zapatillas—. El sol de la mañana empezaba a calentar y se desprendió de la camisa. A lo mejor fue así cómo sucedió, mucho tiempo atrás cuando algún hombre primitivo trató de arponear peces y, como no lo lograba, «inventó» el arco y la flecha. A lo mejor los inventos se realizaban siempre así porque siempre alguien necesitaba que se llevasen a cabo.

Aún no había probado bocado èsa mañana, así que se tomó un respiro para desenterrar los huevos y comerse uno. Luego los volvió a cubrir, avivó el fuego con un par de trozos de madera bastante gruesos, enfundó el hacha en su cinturón y cogió el arpón con su mano derecha y partió con la idea de encontrar madera apta para fabricar un arco. Iba sin camisa, pero como olía todo él a humo del fuego los insectos no se acercaban a incordiarle mientras se acercaba al área de las bayas. Las frambuesas empezaban a estar demasiado maduras, y sólo en dos días, así que tendría que recoger la mayor cantidad posible después de encontrar madera para el arco, pero dedicó un rato a recoger unas cuantas y a comérselas. Eran gordas y dulces y nada más coger una, otras dos se desprendieron y, resbalando por las ramas, fueron a caer a la hierba del suelo y a los pocos minutos sus manos y mejillas estaban pintarrajeadas con el rojo jugo de las bayas y él se sentía ya harto. Esto le llamó la atención. Estaba harto.

No había pensado que llegaría a hartarse otra vez, sólo conocía el hambre y, mira por dónde, se encontraba saciado de nuevo. Un huevo de tortuga y unos pocos puñados de frambuesas y se sentía saciado. Se miró el estómago y vio que aún lo tenía hundido. No estaba pandeado como si se hubiese comido dos hamburguesas y un helado medio derretido. Debía haberse contraído. Y todavía se dejaba notar el hambre, pero ya no era lo mismo que anteriormente —no le mordía dentro—. Era el tipo de hambre que sabía que sentiría a partir de ahora, incluso cuando comiera, un hambre que le obligaría a buscar cosas, a ver cosas. Un hambre que le induciría a la búsqueda.

Barrió con la mirada toda la zona de las bayas para cerciorarse de que no tenía detrás el oso, luego empezó a descender en dirección al lago. La idea del arpón se le fijo en seguida en el pensamiento conforme iba desplazando al caminar las ramas que rozaban su rostro, y cuando llegó a la orilla del lago torció a la izquierda. No estaba muy seguro de lo que buscaba, desconocía qué clase de madera sería la mejor para un arco —jamás había hecho un arco, jamás en su vida había disparado una sola flecha—, pero algo le decía que la encontraría en la franja que bordeaba al lago, junto al agua.

Vio unos pocos abedules jóvenes, y eran elásticos, pero carecían de ese restallido seco que tenían los sauces. No llegaban a dispararse con la reacción de la zurriaga.

A mitad de camino en su ascenso, en el preciso momento en que iba a pisar un leño, se quedó de piedra por la explosión que se produjo bajo sus pies. Algo así como una bomba emplumada emprendió un revoloteo en un frenesí de hojas y estrépito. Se asustó

83

tanto que casi se cae de espaldas al suelo y luego aquello se marchó dejando sólo una imagen en su mente.

Un pájaro, eso había sido, del tamaño de un pollo pequeño, sólo que tenía una cola desplegada en forma de abanico y unas alas recortadas que golpeaba contra su cuerpo y hacían mucho ruido. El ruido había desaparecido. Se enderezó y se sacudió el polvo. El pájaro tenía pequeñas manchas marrones y grises, y no debía ser muy ágil porque el pie de Brian había estado en un tris de pisarle antes de que emprendiera su vuelo. Medio segundo más y lo hubiera pisado.

Y lo hubiese atrapado, imaginó, y se lo hubiese comido. A lo mejor sería capaz de atrapar uno o alcanzarlo. Quién sabe, pensó, a lo mejor tenía un sabor a pollo. Quizá fuese capaz de atrapar uno o alcanzarlo y probablemente tendría sabor a pollo. Exactamente el pollo que asaba su madre en el horno con sal y ajo y que se ponía marrón dorado y crujiente...

Meneó su cabeza para borrar esta imagen y se dirigió a la orilla. Había allí un árbol de largas ramas que parecían rectas y, cuando atrajo hacia sí una de ellas y la soltó, disparó un vigoroso zurriagazo. Escogió una de las ramas que parecía más derecha y empezó a cortarla en su unión con el árbol. La madera era dura y no quería que se rajara, por lo que se lo tomó con calma, e iba sacando pequeñas astillas y estaba tan concentrado que al principio ni siquiera lo oyó.

Un zumbido persistente, como el de los insectos, sólo que más regular, muy cercano a un rugido, perforaba sus oídos, y él seguía cortando y haciendo saltar astillas pensando en el arco, en cómo montaría el arco, cómo sería cuando le diese forma con el hacha y aún persistía el sonido, hasta que la rama estaba ya a punto de desprenderse del árbol, y el zumbido se metió en su cabeza y entonces cayó en la cuenta.

¡Un avión! Era un motor, muy lejano, pero parecía cada vez más grande. ¡Venían por él!

Tiró al suelo la rama y el arpón y, conservando el hacha, empezó a correr campo a través hacia el campamento. Tenía que encender el fuego sobre los riscos y hacerles señales, encender fuego y hacer humo. Puso toda el alma en sus piernas, saltó troncos, se movía entre la maleza como un ingrávido fantasma, zigzagueando y corriendo, rellenando sus pulmones y resoplando, y ahora el sonido era más recio; se acercaba en su dirección...

Si no derecho a él, al menos muy cerca. Pudo representarse toda la escena en su mente ahora, la forma cómo iba a suceder. Encendería el fuego y el avión, al divisar la humareda, empezaría a trazar círculos encima, una y otra vez y a balancear las alas. Sería un hidroavión y podría amerizar en el agua y posarse en el lago y el piloto se asombraría de que permaneciese vivo después de todos aquellos días.

Vio todo esto al mismo tiempo que corría hacia el campamento y hacia el fuego. Le sacarían de allí aquella noche, aquella mismísima noche; podría sentarse con su padre y comer y relatarle todo. Lo podía ver todo ahora. ¡Oh! ¡Sí!, todo, conforme iba disparado a la luz del sol, sus piernas puros resortes. Llegó al campamento oyendo todavía el zumbido del avión, y un pedazo de leña todavía mantenía la llama viva.

Entró volando y agarró la madera y subió disparado a la cima de la cresta, gateando como un felino y sopló y ya casi tenía la llama prendida, ardiendo, cuando el ruido ya se diluía en la lejanía.

Fue repentino, como si el avión hubiese dado la vuelta. Se puso la mano de visera para apartar el sol de sus ojos e intentó divisarlo, intentó hacer real el avión ante sus ojos. Pero los árboles eran muy altos, muy densos, y ahora el sonido era todavía más débil. Se arrodilló de nuevo ante las llamas y sopló y añadió hojarasca y palitroques y las llamas se reanimaron y crecieron paulatinamente hasta que formaron una respetable hoguera con las llamas hasta su cabeza, pero el ruido se había extinguido.

Mira hacia abajo, deseó. Mira hacia abajo y contempla el humo ahora y regresa, por favor, da la vuelta.

—Mira hacia abajo —susurró, viendo todas las imágenes borrosas, viendo el rostro de su padre borroso, lo mismo que el ruido, lo mismo que los sueños, lo mismo que el final de la esperanza—.

¡Oh!, gira y regresa, mira hacia abajo y contempla el humo y vuelve por mí...

Pero el sueño aún siguió adelante hasta que ya ni siquiera pudo oírlo en su imaginación, ni en su alma. Desaparecido. Se quedó de pie en el peñasco que dominaba el lago, su rostro ardiendo ante la crepitante hoguera, contemplando cómo se elevaban al cielo las nubes de ceniza y humo y pensó, no, más que pensar, se dio cuenta entonces de que no saldría de aquel lugar. Ni ahora, ni nunca.

Aquel había sido un vuelo de búsqueda... Estaba seguro de ello. Han debido ser ellos y ellos han venido siguiendo el plan de vuelo del avión según hayan creído que debía haber sido y luego han regresado. No vieron su humo, no oyeron el clamor de su espíritu. No volverían. Nunca abandonaría él ese lugar, nunca saldría de ahí. Cayó de rodillas y notó el brote de sus lágrimas, abriendo regueros por el humo de la ceniza de su rostro, cayendo silenciosamente sobre la piedra.

Acabado, pensó finalmente, todo estaba acabado. Todo inútil y acabado. Ni arcos, ni lanzas, ni peces, ni bayas, todo era inútil del todo, sólo un entretenimiento. Podría resistir un día, pero no siempre. No podría resistirlo si ellos no venían a por él un día u otro.

Él no podía continuar con el entretenimiento sin esperanza: no podía seguir su juego sin un sueño. Le habían arrebatado todo ahora, se habían alejado de él y no le quedaba ya nada ahora. Acabado el avión, acabada la familia, todo acabado. No regresarían. Estaba solo y no tenía nada.

XIII

Brian permanecía de pie al final del palo largo de la L del lago y contemplaba el agua, olía el agua, escuchaba el agua, era agua.

Un pez se movió y sus ojos se movieron instantáneamente hacia él para ver las ondas, pero no movió ninguna parte de su cuerpo, y no levantó el arco ni llevó su mano al carcaj de su cinturón en busca de una flecha para peces. No era un pez de una especie apropiada, no era un pez bueno para comer.

Un pez bueno estaba muy cerca de él, en el agua poco profunda, y no daba vueltas como en la otra ocasión sino que hacía movimientos rápidos, movimientos cortos, movimientos que presagiaban comida. El gran pez giró y se fue a lo hondo y ya no podía ser atrapado. Pero no importaba. Ese día, esa mañana, no buscaba peces. Los peces eran comida ligera y estaba más que harto de ellos.

Buscaba uno de aquellos pájaros alocados —les llamó atontolinados en realidad— y había una colonia de ellos que habitaban muy cerca del final del lateral largo del lago. Pero algo que no comprendió le detuvo y se paró en seco respirando quedo por la nariz para hacer un completo silencio y dejando que sus ojos y orejas trabajaran por él.

Ya había sucedido así, algo del exterior le penetraba dentro y le avisaba que se detuviese. Una vez había sido el oso de nuevo. Estaba recolectando las últimas frambuesas, cuando algo se le metió dentro y le detuvo, y, cuando dirigió su vista hacia donde le indicaban sus oídos, allí estaba la osa y sus cachorros.

Si hubiese avanzado dos pasos más se hubiese encontrado entre la madre y sus cachorros y, la verdad, ése no era un buen sitio para estar. Como era la madre se había quedado mirándole y emitió un gruñido, un gruñido sordo que salió de su garganta para amenazarle y advertirle. Prestó atención a ese mismo sentimiento ahora y se quedó clavado en el suelo de pie, pacientemente, sabiendo que estaba en lo cierto y que algo iba a aparecer.

Girarse, oler, escuchar, sentir y luego un ruido, un ruido imperceptible, y miró hacia la parte alta alejada del lago y vio el lobo. Se hallaba a media ladera entre el lago y la cima de la colina, en un claro, con la cabeza y el lomo tiesos, mirándole con sus ojos amarillos bien abiertos. Nunca había visto un lobo y su tamaño le sorprendió. No tenía el tamaño del oso pero era grande de todas formas. El lobo exigió todo cuanto había debajo de él, e incluso a Brian lo consideró de su propiedad.

Brian miró para atrás y sintió miedo por un momento porque el lobo tenía toda... toda la razón. Conocía a Brian, le conocía y le consideraba algo suyo y decidió no hacerle nada. Pero el miedo desapareció, se alejó, y Brian tomó al lobo por lo que era, un elemento más del bosque, una parte integrante de todo aquello. Brian relajó la tensión en la mano que sostenía la flecha y se pasó el arco de la mano que lo mantenía en alto a la otra. Conocía ahora al lobo, lo mismo que el lobo le conocía a él, y le saludó con una inclinación de cabeza, le saludó y sonrió.

El lobo lo observó otra vez, otro componente de su entorno, luego se dio media vuelta y empezó a subir perezosamente por la colina y, cuando salió de la maleza, otros tres lobos le seguían, todos igualmente grandes y grises y hermosos, y, mientras se alejaban con un paso más rápido, le miraron una vez más y Brian les hizo un saludo con su cabeza a cada uno de ellos.

Ya no era el mismo ahora, el Brian que observaba de pie cómo se alejaban los lobos y les hacía una inclinación de cabeza estaba completamente transformado. Había transcurrido el tiempo, el tiempo que él medía pero que ya no le preocupaba; ese tiempo se había introducido en su vida, había transcurrido y le había convertido en otro diferente.

Según su cómputo del tiempo, habían pasado cuarenta y siete días desde el accidente. Cuarenta y dos días, pensó desde que murió y nació como el nuevo Brian.

El día que vino el avión para marcharse como había venido, le abandonó allá abajo y le deshizo interiormente y le dejó hundido y le abandonó sin nada. El resto de aquel primer día se perdió caminando sin parar hasta el anochecer. Dejó que el fuego se consumiese, olvidó incluso comerse un huevo, y dejó que su cerebro le desarmase hasta que estuvo deshecho, hasta que quedó roto, hasta que anheló estar acabado del todo.

Hasta que deseó morir. Había caído abatido en un aciago decaimiento que llegó a ser tan intenso en medio de la oscuridad, que finalmente se puso de pie sobre la cresta rocosa e intentó terminar para siempre hiriéndose.

Locura. Una sibilina locura se había adueñado de su cerebro. Todo se había quedado en nada para él y había deseado convertirse a sí mismo en nada, pero le hubiera resultado extremadamente penoso el tajo, imposible de ejecutar, y, al final, se desplomó allí de costado y suspirando por la muerte, anhelando un fin, se quiso dormir, sólo que no durmió.

Con sus ojos cerrados y su mente despierta permaneció tumbado sobre la roca durante toda la noche, se quedó tumbado y rabió y deseó que terminara esa noche y se le ocurrió la expresión *nubarrón despejado* a lo largo de aquella espantosa noche. Rumió la expresión una y otra vez, deseando que todo su nubarrón interior se despejara de una vez por todas, pero por la mañana todavía estaba allí.

Todavía allí tumbado de lado y el sol salía y cuando abrió los ojos vio los cortes en su brazo, la sangre roja volviéndose negra; vio la sangre y aborreció la sangre, aborreció lo que había llegado a hacer cuando era el viejo Brian y se sentía languidecer, y dos cosas acudieron a su mente; dos cosas clarísimas.

Él ya no era el mismo. El avión que le sobrevoló le cambió, aquel contratiempo decepcionante le desbarató y le renovó. Ya no era el mismo y jamás sería el que había sido. Ésa era una de las dos cosas claras, las cosas nuevas. Y la otra era que no moriría, no le permitiría el paso a la muerte otra vez.

Era otro ser nuevo.

Por supuesto que había hecho un montón de tonterías. Sonreía ahora mientras subía por la zona del lago por la que los lobos habían desaparecido, pensando en sus recientes tonterías; esos disparates que cometió antes de darse cuenta de que tenía que encontrar caminos nuevos que le condujesen hasta lo que había llegado a ser.

Había encendido un nuevo fuego que ahora mantenía usando en buena parte madera podrida ya que esa madera de mala calidad ardía muy lentamente y además mantenía el fuego. Pero hasta ahí llegaba su afán de hacer bien las cosas. Su primer arco fue un desastre que casi le deja ciego.

Había estado sentado toda una santa noche y había estado dando forma con todo el mimo del mundo a las ramas hasta que el arco tuvo un aspecto bonito. Luego pasó dos días fabricando flechas. Las flechas eran de sauce, rectas y con la corteza pelada, y con las puntas endurecidas al fuego y un par de ellas con una hendidura en la punta formando puntas bifurcadas, igual que había hecho con el arpón. Como no tenía plumas las dejó sin nada comprendiendo que, al fin y al cabo para pescar, únicamente tenían que desplazarse unos pocos centímetros. No tenía cordel y eso le desconcertó hasta que miró a sus deportivas. Tenían cordones largos, larguísimos, y se fijó en que un cordón cortado por la mitad serviría para ambas zapatillas y el otro que sobraba lo emplearía como cuerda para el arco.

Todo parecía ir sobre ruedas hasta que ensayó un disparo de prueba. Centró la flecha en la cuerda, la estiró hasta su mejilla, apuntó a un montículo de barro y fue en ese preciso instante cuando la madera chascó en sus manos lanzando astillas y fragmentos de madera a su rostro. Dos astillas llegaron a clavarse en su frente, exactamente encima de los ojos, y si se le hubieran clavado un poco más abajo, le hubieran dejado posiblemente ciego.

Poco flexible.

Iba anotando en su diario mental la lista de errores para luego contárselos a su padre, un listado completo de todos sus errores. Había vuelto a fabricarse un nuevo arco, con ramas más delgadas, y esta vez intentó tensarlo más suave y delicadamente, pero fue incapaz de ensartar al pez a pesar de estar sentado en el agua y estar prácticamente envuelto por una nube de pececillos. Le sacaba de quicio. Tendría que bastar aparentemente con tensar el arco, situar la flecha a muy poca distancia por encima del agua y soltar la flecha cuando el pez estuviese a menos de un palmo.

Fracaso tras fracaso. Una y otra vez le daba la sensación de haber atravesado al pez con la flecha, pero ni siquiera rozaba al pez. Después de mucho tiempo, horas, introdujo la flecha en el agua, tensó el arco, y esperó a que un pez estuviese lo suficientemente cerca y, mientras aguardaba paciente, observó que el agua producía el efecto de curvar o doblar la flecha por la mitad.

Evidentemente —había olvidado que el agua refracta, quiebra la luz. Lo había aprendido en algún sitio, en alguna clase de física —no se acordaba—. Pero el agua desviaba la luz y eso significaba que los peces no estaban donde aparentaban estar. Estaban más abajo, exactamente más abajo, lo que quería decir que tenía que apuntar precisamente debajo de ellos.

No olvidaría su primer disparo. En la vida. Un pez rechoncho, con los costados dorados, costados tan dorados como el sol, se detuvo en frente de la flecha y entonces apuntó exactamente debajo de él, en el extremo inferior del pez, y soltó la flecha y se produjó allá una relampagueante agitación, un sarpullido de oro en el agua. Cogió la flecha y la levantó y el pez estaba en la punta agitándose nervioso en el azul del cielo.

Sostuvo el pez en alto, contra el cielo azul, hasta que paró de moverse, lo mantuvo elevado y miró al cielo y sintió un nudo en la garganta, un abultamiento, y se llenó de orgullo por lo que había conseguido.

Había conseguido comida.

Había conseguido comida, había encontrado una forma de solucionar su problema de alimento, con su arco y con una flecha ideados por él y labrados con sus propias manos. El arco le había facilitado el camino y estaba exultante de regocijo y no cabía en sí de alegría, en el arco, en la flecha, en el pez, en el hacha, en el cielo. Se enderezó y se puso a caminar desde el agua, sin dejar de sostener en alto contra el cielo, el pez y la flecha y el arco, contemplándolos como si formaran parte de sus brazos, como si fuesen parte de sí mismo.

Tenía comida.

Cortó una rama de sauce en forma de horquilla y sujetó el pez sobre el fuego hasta que la piel se cuarteó y se desprendió y hasta que la carne de dentro estuvo hecha, rezumante y tierna. Lo cogió con exquisito cuidado entre sus dedos, saboreando cada bocado, masticándolos en la boca y extrayendo con la lengua todo su jugo, de cada pedazo de pez humeante...

No podía, pensaba, saciarse. Y todo ese primer día, primer nuevo día, lo pasó yendo al lago, disparando a un pez, llevándolo al fuego, asándoselo y comiéndoselo, luego de nuevo al lago, nuevo disparo, nuevo asado y comida, y así hasta que oscureció.

Había echado los desperdicios al agua con la idea de que sirviesen de cebo, y los peces acudieran a cientos a limpiarlos. Hasta podía escoger entre tanta variedad. Como en la pescadería, y luego más tarde ya no podía recordar cuántos se había comido aquel día, pero calculó que no bajarían de los veinte.

Había sido toda una fiesta, su primera fiesta, y una celebración de que estuviese vivo y del nuevo sistema de adquirir comida que había aprendido. Al final de aquel día, cuando ya se hubo hecho de noche y se encontraba acostado junto al fuego con el estómago lleno de pescado y la zona de la cara que rodea la boca reluciente de la grasilla, sintió que su interior albergaba nuevas ilusiones. No ya la ilusión de ser rescatado, eso ya había pasado.

Sino confianza en su progreso. Confianza en el hecho de que era capaz de aprender cosas y de sobrevivir y de cuidar de sí mismo.

Una confianza firme, pensó aquella noche. Estoy lleno de esperanza firme.

XIV

Errores.

Los pequeños errores podían provocar desastres; los graciosos errores sin importancia podían crecer como bolas de nieve de forma que, mientras te estás riendo de su comicidad, podrías estar contemplando tu propia muerte. Si en la ciudad hacía un disparate normalmente siempre encontraba la forma de rectificarlo, de corregirlo. Si se caía de la bici y se torcía un pie, siempre podía esperar hasta que sanara; si olvidaba algo en la tienda, siempre encontraba cualquier otro alimento alternativo en el frigorífico.

Ahora todo eso era diferente, y más rápido, increíblemente más rápido. Si se torcía un pie aquí, podía morir de hambre antes de poder valerse de nuevo; si fallaba cuando iba de caza o si el pez se escabullía, él corría peligro de pasar hambre. Si caía enfermo, pero enfermo de verdad, no podría dar un solo paso y no podría evitar morir de inanición.

Errores.

En su nueva etapa había aprendido en seguida la cosa más importante, el impulso realmente vital que movía a todas las criaturas del bosque: que el alimento lo es todo. El alimento era sencillamente la base de todo. Todos los seres del bosque, desde los insectos hasta los peces y los osos, no hacían otra cosa que buscar alimento continuamente. Ésta era la gran y sencilla fuerza motriz en la naturaleza. Alimentarse. Todos deben alimentarse.

Pero la forma cómo lo aprendió por poco le cuesta la vida. Su segunda nueva noche, con el estómago lleno de pescado y el fuego

93

ardiendo sin llamas en el refugio, se había dormido profundamente cuando algo extraño —dedujo más tarde que pudo haber sido el olor— le despertó.

Junto al fuego, completamente despreocupada de las brasas humeantes, completamente despreocupada de Brian, una mofeta estaba excavando donde había ocultado los huevos.

Había una pizca de luna y a su difusa luz nacarada pudo distinguir la poblada cola, las blancas rayas del lomo y por poco se echa a reír. No se explicaba cómo la mofeta había podido dar con el escondite de los huevos, el olor, algún pequeño fragmento de cáscara que quizá hubiese dejado caer, pero a pesar de todo parecía hasta simpáticamente bonita, con la cabeza rebuscando abajo y su cola elevada mientras excavaba sin cesar echando con sus patas la arena hacia atrás.

Pero aquellos huevos eran suyos y en modo alguno de la mofeta, y su media sonrisa se trocó rápidamente en temor a perder su comida y, cogiendo un buen puñado de arena, se la arrojó a la mofeta.

—Lárgate de aquí...

Estaba a punto de pronunciar algunas palabras más, algunas tontas palabras humanas, pero en menos que canta un gallo la mofeta había arqueado su parte trasera hacia arriba doblando la cola hacia delante, y le disparó su directo chorro por aspersión apuntando a su rostro desde una distancia de menos de metro y medio.

El efecto fue devastador en el estrecho reducto del refugio. La densa pestilencia a sulfurosa podredumbre invadió completamente el limitado cubículo, sofocante, asqueroso, y pestilente. El corrosivo chorro que salpicó su cara abrasó sus pulmones y ojos, cegándole.

Gritó y se lanzó hacia un lateral tanteando la totalidad de la pared del refugio; gritó, dio zarpazos hasta lograr salir y corrió a trompicones hasta la orilla del lago. Dando tumbos y traspiés se revolvió en el agua y movía con vigor su cabeza adelante y hacia atrás intentando restregar sus ojos, salpicando en el agua para aclarar sus ojos.

Había visto cientos de graciosos dibujos animados sobre las mofetas. Chistosos dibujos sobre el olor de las mofetas, dibujos para reírse y bromear, pero cuando el chorro le golpeó, aquello no tenía nada de gracioso; estuvo casi completamente ciego durante casi dos largas horas. Una eternidad. Se asustó al pensar que podría quedar permanentemente ciego o cuanto menos, afectada su vista, y eso hubiese significado el fin. Cómo sería, que le duró el escozor de ojos durante muchos días y le llegó a molestar durante dos semanas más tras el incidente. El olor perduraba todavía, casi mes y medio después, en el refugio, en sus ropas y en sus pelos.

Y casi se había echado a reír.

Errores.

La comida tenía que ser protegida. Mientras estaba en el agua intentando aclarar sus ojos, la mofeta siguió adelante en su intento, excavó el resto de los huevos de tortuga y se los comió sin dejar ni uno. Lamió todos los cascarones hasta dejarlos completamente limpios y no pudo haberle importado menos que Brian estuviese revolviéndose en el agua como una carpa moribunda. La mofeta había encontrado comida y se estaba apoderando de ella y Brian estaba pagando cara la lección.

Proteger la comida y tener un buen refugio. No era suficiente un cobertizo que cortara el viento y la lluvia, sino que hacía falta un refugio que le protegiera de verdad, un refugio, donde sentirse a salvo. Al día siguiente de lo de la mofeta decidió construirse un buen lugar para vivir.

La idea había sido básicamente aceptable, el emplazamiento del refugio era correcto, pero se había quedado corto. Había sido un perezoso; ahora ya sabía la segunda cosa más importante en lo referente a la naturaleza, que mueve a la naturaleza. Primero era la comida, pero el esfuerzo por conseguir el alimento venía a continuación siempre. Nada en la naturaleza era perezoso. Se había quedado corto en sus cálculos del hoyo y pagó por eso con los huevos de tortuga —que habían llegado a gustarle más que los de gallina de la tienda—. Hubiesen estado más seguros de otro modo, si los hubiese colocado a mayor profundidad. Se decidió a echar abajo su refugio y a perfeccionarlo. Bajó troncos más pesados sacados de los pinos secos de lo alto de la colina y los sujetó enfrente de la abertura calzándolos por la parte de arriba y enterrando los extremos inferiores en la arena. A continuación urdió ramas largas a través de los troncos hasta conseguir una pared realmente hermética y, aún no satisfecho, recogió ramas más finas y las entretejió entre la primera trama. Cuando hubo terminado no pudo encontrar un solo sitio donde cupiese su puño. En su conjunto parecía un cesto entrelazado sólidamente.

Pensó que el resquicio de la puerta de la entrada era el punto más débil, y puso un interés especial en trenzar una puerta de ramas de abedul en una malla tan cerrada de forma que ya no tendría por qué preocuparse de que una mofeta —o puercoespín, pensó mirando las cicatrices de su pierna—, intentase entrar porque no tendría posibilidad de conseguirlo. No tenía bisagras ni goznes, pero mediante unas ramas colocadas adecuadamente en la parte superior encontró un método de colgar la puerta en su sitio y, una vez en el interior y con la puerta colgada y sujeta por arriba, se sentía relativamente seguro. Un oso, o algo grande, podría entrar destrozando el entramado, pero ningún ser de tamaño reducido podría ya molestarle y, por otro lado, el mismo entramado facilitaba la filtración y escape de humo al exterior por la parte superior. Esta faena de la construcción del refugio le duró tres días en total, parando únicamente para disparar a los peces y comérselos y bañarse cuatro veces al día hasta conseguir que la fetidez de la mofeta desapareciera. Cuando tuvo terminada su casa, su hogar, hecho al final como Dios manda, centró su atención en el sempiterno problema: la comida.

Estaba muy bien eso de cazar y comer o pescar y comer, pero ¿qué sucedería si tuviese que pasar una temporada más o menos larga sin alimentos? ¿Qué ocurrió cuando las bayas se agotaron y cuando estuvo indispuesto o cuando estuvo herido —pensando en la mofeta—, cuando se puso enfermo?

Errores.

Intentó aprender de sus propios errores. No debía enterrar su comida de nuevo, tampoco debía dejarla en el refugio, porque algo como un oso podría arrebatársela sin dificultad. Tenía que estar en un sitio alto, tenía que encontrar el modo, un sitio elevado y seguro.

Encima de la puerta del refugio, a unos tres metros en lo alto de la roca, sobresalía un pequeño antepecho que podría constituir un nicho natural de almacenamiento, inasequible para los animales. Lo malo era que también era inalcanzable para él.

Una escalera, faltaría más. Necesitaba una escalera. Pero carecía de medios para armar una, no tenía nada para sujetar los peldaños, y esto le contuvo hasta que dio con un pino seco que todavía mantenía muchas ramas a ambos lados. Con la ayuda del hacha cortó las ramas salientes a una distancia del tronco principal de diez o doce centímetros y esto en todo lo que tenía de largo el tronco, después recortó el tronco y le dejó una longitud de tres metros y lo arrastró camino abajo hacia el refugio. Era algo pesado, pero, al estar seco, podía dominarlo perfectamente y, una vez apuntalado contra el muro, comprobó que alcanzaba al antepecho con suma facilidad a pesar de que el árbol se alabeaba un tanto de punta a punta mientras trepaba por él.

El anaquel de su comida —así lo denominó— estaba cubierto de excrementos de pájaro y con unos palos lo raspó y lo dejó limpio. No había advertido la presencia de pájaros allí, pero eso probablemente fuera debido a que el humo proveniente del fuego llegaba hasta allí cuando se esfumaba por la puerta y les molestase el humo. Más aún, había aprendido y empleó corto tiempo en tener una ajustada trama de ramas de sauce para el resquicio superior de la puerta y, cortándola a medida, la interpuso en la abertura trabándola por completo y, cuando lo dio por terminado, dio unos pasos para atrás y contempló el aspecto de la fachada rocosa —el refugio abajo, el anaquel de la comida arriba— y permitió que una pizca de orgullo le embargara.

No estaba mal, pensó, no estaba mal para alguien que como él solía tener dificultades hasta para engrasar la cadena y las marchas de su bici. No estaba mal del todo.

Errores.

Había ideado un buen refugio y un aceptable anaquel de alimentos, pero lo malo ahora es que no tenía comida, excepción hecha de los peces y las últimas bayas que quedaban. Y el pescado, por sabroso que lo encontrase ahora, no era algo que pudiese almacenar. Su madre se había dejado una vez por descuido algo de salmón fuera durante un viaje que hicieron al cabo Hesper a visitar a unos familiares y cuando regresaron, tras pasar allí la noche, el olor invadía toda la casa. No había medio de guardar los peces.

Definitivamente, pensó, no había medio de guardarlos muertos. pero, mientras estaba observando la trama de su bastidor entretejido, una idea le cruzó la mente y le impulsó a dirigirse al agua.

Había echado los desperdicios de los peces al agua y estos restos de comida habían atraído a centenares de nuevos peces.

—Me pregunto si...

Parecían acercarse despreocupados hasta los desperdicios, por lo menos los pequeños. Ahora no encontraba ninguna dificultad en dispararles e incluso había arponeado uno con su antiguo arpón ahora que había aprendido a apuntar más abajo. Podía sostener algo entre sus dedos y se acercaban inmediatamente a eso. Sí que sería factible, caviló, existen grandes posibilidades de poder atraparlos. Construir una especie de criadero artificial.

A su derecha, en la base del farallón rocoso había montones de rocas pequeñas y piedras que se habían desprendido de la roca madre y se habían precipitado abajo, despedazadas y hechas trizas de todos los tamaños, desde pedazos como un puño hasta otras tan grandes como su cabeza. Empleó un mediodía largo en acarrear piedras hasta la orilla y en cercar lo que equivalía a una diminuta corraliza para encerrar peces vivos: dos «brazos» rocosos que abarcaban unos cinco metros dentro del lago y que se cerraban en los extremos. Dejó una boca de unos sesenta centímetros en el lugar donde los dos brazos confluían, después se sentó en la orilla y esperó.

Todos los peces huyeron disparados en mil direcciones en cuanto inició la obra de colocación de las piedras ensambladas. Pero el montón de desperdicios, tripas, raspas y piel, estaban dentro de la corraliza y el atractivo de la comida les hizo regresar. Pronto, en menos de una hora, había en el ruedo treinta o cuarenta peces no muy grandes y Brian los encerró con el bastidor de malla que había tejido entrelazando pequeñas mimbres de sauce.

—Pescado fresco —gritó—. Se vende pescado fresco...

El aprovisionamiento de pescado fresco de reserva para comer había sido un hallazgo de máxima importancia, pensó. La muerte por hambre ya no podía impedirle conciliar el sueño. Estaba intentando ahorrar para el día de mañana, estaba pensando en el futuro.

Por supuesto que entonces ignoraba qué harto acabaría de pescado luego.

XV

Pasaban los días uno tras otro y se confundían tanto entre sí, que al cabo de dos o tres semanas sólo sabía el tiempo que había transcurrido en días porque había hecho una marca por cada día en la piedra próxima a la puerta del refugio. El tiempo real lo medía por los acontecimientos destacables. Un día no era nada porque no había nada que recordar; sólo que el sol salía, que el sol se ponía, que había luz o no.

Acontecimientos; acontecimientos que se fundían en su memoria y así los utilizaba para acordarse del tiempo, para saber y recordar qué había sucedido, para llevar un diario en su mente.

Estaba el día de la Primera Carne. Había sido un día que empezó como todos los demás, se había levantado con el sol, había aviado el campamento y estaba seguro de que tenía suficiente madera para una noche más. Pero llevaba muchísimo tiempo, muchísimo tiempo comiendo peces y buscando bayas, y ansiaba algo más, ansiaba otro tipo de comida, comida más pesada, comida más recia.

Estaba ansioso de carne. Por aquellos días pensaba por las noches en la carne, se imaginaba a su madre preparando un asado o soñaba con pavo e incluso una noche llegó a despertarse, antes de ser la hora de atizar el fuego, con la boca segregando saliva y el sabor de chuletas de cerdo en el paladar. Completamente real, completamente real. Pero todo había sido un efímero sueño, con todo, le indujo a intentar agenciarse carne.

Había llegado a trabajar en busca de madera cada vez más lejos, últimamente había llegado a distanciarse del campamento casi medio kilómetro tras la madera, y veía muchos animales. Había ardillas por doquier, pequeñas y rojizas que le chillaban y parecían echarle pestes y saltaban de rama en rama. Había también infinidad de conejos, grandes y grises con manchas rojizas y otros grises más pequeños que únicamente lograba ver al amanecer. Los mayores se quedaban imperterritos en algunas ocasiones hasta que él se aproximaba muy cerca de ellos, para entonces saltar y alejarse tres o cuatro pasos botando antes de quedarse inmóviles de nuevo. Pensó que si le dedicaba atención al asunto y practicaba, podría probablemente alcanzar con una flecha o una lanza uno de esos conejos de mayor tamaño, nunca los pequeños o las ardillas. Eran demasiado pequeños y rápidos.

Luego estaban esos pájaros atontolinados.

Le exasperaban hasta tal punto cuando los tenía cerca que le sacaban de quicio. Los pájaros se encontraban por todas partes, cinco o seis en cada grupo, y con un camuflaje tan perfecto que Brian podía sentarse y descansar, apoyado contra un árbol y, con uno de esos enfrente de él entre el ramaje de un sauce a una distancia de sesenta centímetros —escondido— y únicamente estallaba en un vuelo aparatoso en el preciso momento en que Brian lo adivinaba. Sólo que era incapaz de verlos, que no podía suponer su localización exacta antes de que emprendiesen el vuelo, tal era su total inmovilidad y así de perfecto era su mimetismo.

Y lo que empeoraba todo era que permanecían totalmente mudos, o parecían quedarse mudos, casi era esto lo que más coraje le daba, el modo con que se ocultaban de él. Tampoco acababa de acostumbrarse a la forma de alborotar cuando emprendían el vuelo. Parecía que cada vez que iba a coger madera, lo que hacía todas las mañanas, se pasaba todo el tiempo saltando y haciendo cabriolas porque le daba cierto reparo. Una memorable mañana había llegado hasta un leño que le pareció la parte final de un tocón al pie de un abedul seco, y no hizo más que acercar sus dedos para tocarlo, cuando se produjo el revoloteo en su misma cara.

Pero el día de la Primera Carne había decidido que no había cosa mejor con que probar que con un pájaro atontolinado y aquella

101

misma mañana partió con su arco y su lanza a atrapar uno, y comer carne. Nada de recoger leña, nada de buscar bayas, sino atrapar un pájaro y comer carne.

En un principio la caza no fue bien. Vio muchos pájaros mientras caminaba por la orilla de un extremo al otro del lago y luego en sentido contrario, pero únicamente los veía cuando ya habían emprendido el vuelo. Tenía que dar con la forma de verlos primero, verlos y acercarse lo suficiente como para poder dispararles con el arco o arrojarles la lanza, pero no encontraba la forma de verlos.

Cuando iba por la mitad de su recorrido alrededor del lago y ya había espantado veinte pájaros o así, estaba ya cansado y se sentó al pie de un árbol. Tenía que esforzarse mucho, tenía que descubrir lo que estaba haciendo mal. Había pájaros allí y él poseía dos ojos. Tenía que encontrar una solución compaginando estos dos elementos.

No observo bien, pensó. No estoy observando bien. Más que actuar totalmente equivocado; obraba bien pero no de la forma adecuada. Muy bien —el sarcasmo acompañó a su pensamiento—, ya lo sé, gracias. Sé que no actúo de la forma adecuada. Pero, ¿cuál era la correcta? El sol de la mañana le había abrasado y sus sesos parecían estar hirviendo dentro de su cabeza; seguía apoyado en el árbol, pero nada se le ocurría hasta que empezó a caminar otra vez, y no había dado dos pasos cuando un pájaro saltó como una exhalación. Había estado allí todo el tiempo, mientras estuvo pensando cómo verlos, precisamente a su lado; exactamente allí.

Casi grita.

Pero esta vez, cuando el pájaro echó a volar, algo atrajo su mirada y ésa fue la clave secreta. El pájaro se lanzó en dirección al lago, y luego, dándose cuenta de que no podía posarse sobre el agua, dio media vuelta y se metió entre los árboles en lo alto de la colina. Cuando giró, dando un rodeo hacia los árboles, el sol le iluminaba y Brian lo vio por unos instantes como una mera forma, puntiaguda en la parte delantera, que ya se proyectaba hacia atrás como una bola aerodinámica hasta empalmar con el grueso cuerpo.

Algo así como una pera, pensó, puntiaguda por un lado y un rechoncho cuerpo por el otro, una pera voladora.

Y ése fue el secreto. Él no había hecho más que buscar plumas, el color del pájaro, del pájaro que estaba posado allí. En lugar de eso, tenía que buscar su contorno, debía procurar ver la forma en vez de las plumas o del color, tenía que adiestrar sus ojos para localizar la forma.

Era como enchufar la televisión. De repente pudo ver cosas en las que jamás se había fijado anteriormente. Al poco rato, le pareció ver tres pájaros antes de que echaran a volar, los vio posados y se aproximó a uno de ellos haciendo movimientos muy pausados, se acercó lo suficiente como para intentar un disparo con el arco.

Falló esa vez y falló muchas más, pero los vio; vio sus rechonchas formas con las cabezas puntiagudas posadas entre el ramaje por aquellos parajes.

Empezó una y mil veces, aguantó, e hizo volar las flechas, pero no disponía todavía de plumas en las flechas y éstas no dejaban de ser palos que salían pesadamente del arco, que se desviaban a los lados. Incluso cuando el pájaro estaba a tres o cuatro metros de distancia, la flecha sin plumas que le dieran la estabilidad necesaria, se apartaba e iba a perderse entre la maleza o golpeaba contra una rama. Pasado un tiempo, abandonó el arco. Éste había servido a la perfección para los peces que se acercaban a la punta de la flecha, pero no era nada útil cuando se trataba de disparar a cierta distancia, por lo menos no de la forma con que lo estaba haciendo hasta el presente.

Sin embargo, había llevado consigo el arpón, el que hizo primero con dos puntas, y cambió de manos sus útiles de caza, el arco en la izquierda y el arpón en la derecha.

Probó lanzando el arpón, pero no era lo suficientemente bueno ni lo suficientemente rápido que debería ser; los pájaros solían volar alocadamente rápidos, levantar su vuelo con celeridad. Pero descubrió al fin que si veía al pájaro en reposo y se dirigía a él oblicuamente —no directamente, sino formando un ángulo, de atrás hacia adelante—, podía aproximarse bastante más, acercar la punta del arpón hasta el mismo pájaro casi y asestarle una estocada rápida. Estuvo a punto de conseguirlo en dos ocasiones, y por fin, en la parte de abajo que lindaba con el lago y no lejos de la madriguera de castores, obtuvo su primera carne.

El pájaro estaba posado y él le soltó la estocada y las dos puntas hirieron al pájaro que cayó a tierra y lo mató casi instantáneamente —revoloteó un poco—, y Brian lo atrapó en seguida y lo agarró bien con ambas manos hasta que estuvo seguro de que estaba muerto.

Recogió a continuación el arco y el arpón y se fue corriendo, circundando el lago, hasta el refugio donde el fuego se había reducido a unas ascuas brillantes. Se sentó contemplando el pájaro y preguntándose qué hacer. Había asado los peces enteros, no los tocaba para nada y desprendía su carne. Esto era diferente, no tendría más remedio que limpiarlo.

En su casa todo esto era muy sencillo siempre. No tenía más que acercarse a la tienda y comprar un pollo que estaba ya desplumado y limpio; sin plumas ni las vísceras del interior, y su madre lo asaba en el horno y él entonces se lo comía. Su madre de los viejos tiempos, la de antes de todo aquello, ésa era la que se lo asaba.

Ahora ya tenía en sus manos un pájaro, pero en su vida había limpiado uno, jamás había destripado ni había arrancado las plumas a ninguno, y no tenía ni idea de por dónde empezar. Pero quería la carne —tenía que conseguir la carne— y esto le incitó.

Luego resultó que las plumas se desprendieron con suma facilidad. Intentó desplumarlo, pero la piel del pájaro estaba tan suelta que se arrancaba también, así que se limitó a tirar de la piel y a despellejar el pájaro. Lo mismo que uno monda una naranja, pensó, algo así. Sólo que una vez lo tuvo despellejado, las tripas se desprendieron del pájaro y se le cayeron por atrás.

Inmediatamente quedó envuelto en una nube de un olor penetrante, un hedor de algo así como de excrementos humeantes que ascendía de la grasienta madeja de vísceras que se desprendieron del pájaro, y que estuvo en un tris de tirar. Pero no sólo estaba el hedor, había algo más, un tipo de riqueza que apetecía su hambre y que le hacía pasar por encima de ese olor repugnante.

Le cortó el cuello rápidamente con su hacha, le cortó asimismo las patas de igual manera, y se quedó en las manos con algo parecido a un pollo pequeño con una oscura, gorda y apretada pechuga y unas cortas patas.

Lo colocó sobre una base de palos encima del estante de piedra y llevó las vísceras y las plumas al agua, a su piscifactoría. Los peces se las comerían, o se comerían lo que pudiesen y a esta acción de alimentarles le reportaría a su vez a él más alimento en forma de pescado. Su segunda idea fue arrancar las plumas de las alas y de la cola ya que eran rígidas, largas y bonitas con franjas y motas marrones y grises y rojas. Ya les buscaría alguna utilidad, pensó, a lo mejor servían para colocarlas de guía en las flechas.

Arrojó el resto al agua, vio a los redondos pececillos tironear allí y se lavó las manos. Cuando llegó al refugio se dio cuenta de que las moscas invadían la carne y las espantó. Era asombrosa la rapidez con la que habían acudido, pero en cuanto avivó las llamas y el humo aumentó, las moscas se esfumaron como por arte de magia. Atravesó el pájaro con una vara puntiaguda y lo sostuvo sobre el fuego.

El fuego estaba demasiado fuerte. Las llamas lamían la carne grasa y por poco se prende fuego al pájaro. Lo elevó más aún pero era peor el calor intenso y finalmente decidió desviarlo un poco a un lado y allí parecía que se asaba correctamente. Únicamente que así sólo se asaba un lado y el jugo salía goteando. Tenía que girarlo lentamente y eso le costaba mucho porque le dolían las manos al cabo de un momento; buscó un palo terminado en forma de horquilla y lo clavó en la arena para apoyar en él la vara con que había ensartado al pájaro. Empezó a darle vueltas ahora y comprobó que había dado con el método adecuado de asar el pájaro.

Al cabo de unos minutos, la parte de fuera estaba ya asada y el olor que despedía era casi idéntico al olor de su casa cuando su madre asaba el pollo en el horno, y ya no pudo aguantar más, pero cuando intentó arrancar un trozo de pechuga se dio cuenta de que aún estaba crudo por dentro.

Paciencia, se dijo. La mayoría de las cosas requerían paciencia, esperar y pensar y hacer bien las cosas. La mayor parte de las cosas, la mayor parte de la vida consistía en tener paciencia y pensar.

Se aplicó de nuevo a su trabajo, dando vueltas lentamente al pájaro, dejando que el jugo penetrara bien en la carne, dejándolo asarse y oler y oler y asarse y llegó un momento en que ya no dio importancia a si la carne estaba ya hecha o no; estaba negra por fuera y dura y caliente y se la iba a comer.

Partió un pedazo de pechuga, un repizco de carne y se lo llevó a la boca y lo masticó con parsimonia, lo masticó tan lenta y cuidadosamente como fue capaz de extraer todo su sabor y pensó: jamás. Jamás en ninguna comida, en ninguna de las hamburguesas y bebidas, en ninguno de los guisos y comidas de su casa, nunca en ningún dulce, pastel o tarta, nunca en ningún asado, filete o *pizza*, nunca, nunca, nunca había saboreado nada tan apetitoso como ese primer bocado.

Primera Carne.

XVI

Y ahora estaba de pie al final del lado largo del lago y no era el mismo, ya no volvería a ser el mismo jamás.

Había tenido muchos Primeros Días.

El día de la Primera Flecha, cuando tuvo la idea de obtener hilo de un jirón de su vieja y harapienta cazadora y resina pegajosa de un tocón para incrustar trozos de pluma en una varilla de sauce seco y hacerse una flecha que volase correctamente. No con precisión —no llegó a alcanzar una cota apreciable en eso—, pero que volase al menos con la suficiente corrección como para que si un conejo o un pájaro atontolinado se ponía a tiro cerca, muy cerca, y tenía suficientes flechas, pudiera atinarle.

Esto trajo como consecuencia el día del Primer Conejo, cuando mató uno de los conejos grandes con una de sus flechas y le quitó la piel del mismo modo que hizo con el primer pájaro, lo asó de idéntica forma con el fin de que su carne le supiese tan buena —no tan rica como la del pájaro, pero buena de todos modos— y había vetas de grasa en el lomo del conejo que embutió dentro de la carne para que estuviese más rica.

Ahora iba saliendo de apuros entre conejos y pájaros atontolinados y peces entre medias.

Siempre hambriento.

Siempre tengo hambre pero ahora puedo al menos hacerlo, puedo procurarme comida y sé que puedo obtener comida. Sé que puedo hacerlo ahora.

Se acercó más al lago a una zona de arbustos con una especie de nueces. Eran arbustos de denso ramaje de los que colgaban unas pegajosas vainas que encerraban lo que parecían nueces verdes —nueces que creyó que podría comer, pero que no estaban maduras todavía—. Salió en busca de un pájaro atontolinado y a ellos les encantaba refugiarse en la base de la espesura de un arbusto de nueces, allí donde los tallos estaban más apretados y ofrecían mejor cobertura.

Vio un pájaro en la segunda rama, se le acercó mucho, se detuvo cuando alzó las plumas de la cabeza y emitió un sonido similar al del grillo —una señal de alarma antes de emprender el vuelo—, luego se le acercó aún más cuando las plumas se agacharon y el pájaro estaba más descuidado. Hizo eso cuatro veces, sin mirar nunca directamente al pájaro, aproximándose a él oblicuamente desde un lado. Había llegado a perfeccionar hasta tal grado este sistema tras muchas tentativas y ofrecía tales resultados que había llegado hasta atrapar uno únicamente sirviéndose de las manos, hasta que se hallaba a menos de un metro de distancia del pájaro, que permanecía impertérrito en su actitud de disimulo en el arbusto.

El pájaro le esperaba y colocó una flecha en el arco, una de las flechas con plumas, no de las que utilizaba de arpón de pesca, lo tensó y disparó. Fue un rotundo fallo y volvió a sacar una segunda flecha de su carcaj de trapo del cinturón, el que había confeccionado a partir de una de las mangas de su cazadora que había atado por uno de sus extremos para que tuviese fondo. El pájaro atontolinado todavía le aguardaba y no le miró directamente hasta que tensó la segunda flecha y apuntó y disparó y volvió a fallar.

Esta vez el pájaro hizo un movimiento rápido y la flecha pasó pegada a él tan cerca que casi le roza la pechera. A Brian únicamente le quedaban dos flechas más y dudaba en coger con su mano derecha la lanza y utilizarla para abatir al pájaro. Sólo un disparo más, decidió, lo intentaría otra vez. Sacó despacio otra flecha, la colocó en la cuerda y apuntó y disparó y esta vez vio el agitado revuelo de plumas que indicaba que había hecho blanco.

El pájaro fue golpeado de lleno y se vino abajo en seguida en medio de un alboroto frenético. Brian dio un brinco y lo atrapó y lo lanzó una vez contra el suelo, un golpe seco, para terminar de matarlo. Luego se levantó y recuperó sus flechas y se aseguró de que estaban en perfectas condiciones y descendió hacia el lago para lavar la sangre de sus manos. Se arrodilló en la orilla del agua y dejó el pájaro muerto y sus armas a un lado y hundió sus manos en el agua.

Poco más y ése hubiese sido el último acto de su vida. Más tarde no supo explicarse el motivo por el que empezó a volverse —un olor o un ruido—. El sonido de algún suave roce. Lo que fuese, pero el caso es que algo sorprendió a su nariz u oído y empezó a volverse, y ya tenía la cabeza medio girada, cuando vio un paredón marrón de piel destacar en el fondo del bosque por atrás y precipitarse sobre él como un camión sin frenos suelto. A penas tuvo tiempo de ver que se trataba de un alce —los conocía por las fotos, pero no sabía, ni siquiera se imaginaba, lo grandes que eran—, cuando le embistió. Era una hembra y carecía de cuernas, pero le tocó con la testuz en el costado izquierdo, lo arrastró y lo sacó fuera del agua y luego volvió a la carga tras él para rematar su faena.

Apenas tuvo Brian tiempo de llenar sus pulmones de aire durante medio segundo, cuando ya estaba el alce sobre él otra vez empleando la cabeza para hundirlo en lo hondo del lodo. Loco, pensó. Ni más ni menos ésa era la palabra, loco. Sus ojos y orejas estaban llenos de barro, la protuberancia córnea del alce le clavaba cada vez a más profundidad en lo más hondo de aquel lodazal, y de repente todo terminó y se encontró solo.

Hizo un esfuerzo supremo para salir a flote aspirando aire y luchando contra el pánico, y cuando terminó de quitarse el barro y el agua de los ojos y de aclarárselos, vio a la hembra a su lado, no más allá de tres metros, mordisqueando pacientemente una raíz de nenúfar. Parecía aparentar no haberle visto siquiera, o no parecía que le importase su presencia, y Brian se dio la vuelta con sumo cuidado y salió arrastrándose del agua.

En cuanto hizo el primer movimiento, los pelos del lomo se le erizaron y cargó de nuevo contra él, sirviéndose esta vez de la cabeza y de las pezuñas delanteras, sacudiéndolo de aquí para allá dentro del agua, esta vez vuelto de espaldas, y él expulsaba agua de sus pulmones a fuerza de gritos y se golpeaba la cabeza con los puños y se llenaba de agua su garganta y de nuevo se fue la hembra.

Volvió a subir a la superficie una vez más. Pero ahora sentía dolores, sentía daño dentro, un daño en las costillas, y se quedó encorvado hacia adelante, fingiendo estar como muerto. Ella estaba otra vez de pie, comiendo. Brian la observó con el rabillo de un ojo mientras que con el otro miraba la orilla, preguntándose qué gravedad revestiría su dolencia, preguntándose si la hembra le dejaría marcharse esta vez.

Loca.

Empezó a moverse, siempre lentamente; ella volvió la cabeza y el pelo del lomo se le erizó —lo mismo que el pelo de un perro enfadado—, y se detuvo, respiró lentamente, su pelo se alisó y empezó a comer. Movimiento, pelo erizado; detención, pelo abajo, movimiento, pelo erizado, medio paso cada vez hasta que se encontró al borde del agua. Estaba apoyado en sus manos y rodillas, gateando, sentía verdadero dolor y no estaba muy seguro si sería capaz siquiera de caminar, y ella parecía aceptar esta situación y permitirle andar a gatas, despacio, hasta que salió del agua y se adentró entre los árboles y entre los matorrales.

Cuando se encontró detrás de un árbol, se irguió despacio y descansó. Las piernas parecían ilesas, pero las costillas le dolían lo suyo —apenas podía aspirar cortas bocanadas de aire y aún con todo sentía un dolor punzante— y la sensación de tener su hombro derecho algo así como dislocado. Además su arco y lanza y pájaro atontolinado estaban en el agua.

Pudo caminar al fin y, ya había decidido abandonar todo, cuando la hembra salió del agua profunda y le dejó, tan rápida como se había presentado, alejándose a lo largo de la orilla por donde el agua era superficial, con sus largas patas chapoteando al sacarlas y meterlas en el barro.

Sosteniéndose en una rama de pino, vio al alce cómo se iba, temiendo se volviese y le diese una nueva embestida. Pero siguió alejándose éste y, cuando ya se encontraba fuera del alcance de su vista, regresó a la orilla y encontró el pájaro, luego caminó un rato por el agua hasta que dio con el arco y la lanza. Ninguno de los dos estaban deteriorados y las flechas, parecía mentira, estaban aún intactas en la bolsa colgada de su cinturón, si bien sucias de barro y agua.

Tardó una penosa hora en regresar de vuelta al lago. Sus piernas se movían con bastante soltura, pero en cuanto daba dos o tres pasos rápidos, tenía que empezar a respirar profundamente y el dolor de las costillas le obligaba a pararse y a recostarse contra un árbol hasta que lograba recuperar la respiración sosegada. Se había lastimado más de lo que había creído en un principio; esa hembra loca; aquello no tenía explicación. Era pura locura. Cuando llegó al refugio, se metió a gatas dentro y se quedó muy satisfecho al ver que había todavía carbones encendidos y por haber pensado en proveerse de madera todas las mañanas para el resto del día, satisfecho por haber previsto abastecerse de la madera para dos o tres días seguidos, agradecido porque tenía muy cerca peces si los necesitaba para comer, agradecido, finalmente, según se quedaba dormido, de que seguía vivo.

Loca, pensó, dejando que el sueño arropase el dolor del pecho —semejante embestida sin ninguna razón aparente— y cayó dormido mientras su mente trataba de buscar una explicación lógica a lo del alce.

El ruido le despertó.

Se trataba de un sonido profundo, un mugido profundo que traía el viento. Abrió sus ojos de par en par, no porque fuese un ruido escandaloso, sino porque era nuevo. Había sentido el viento en su refugio, había sentido la lluvia que acompañaba al viento y había oído el trueno muchas veces en los cuarenta días últimos. Proveniente de algo vivo, algo así como de una garganta. El sonido era un bramido, un bramido lejano que venía hacia él y, cuando estuvo totalmente despejado, se incorporó en la oscuridad, haciendo muecas de dolor a causa de sus costillas.

111

Notaba que el daño era diferente ahora, un dolor más concentrado, y parecía ir a menos; no así el ruido. Es muy raro, pensó. Un ruido misterioso. Un ruido de ultratumba. Un feo ruido. Cogió unos trozos de leña y puso el fuego más alegre, se sintió algo más cómodo y animado con las llamas, pero también notó que tenía que estar alerta. No sabía de qué forma, pero tenía que mantenerse vigilante. El ruido estaba viniendo a por él, estaba viniendo exclusivamente a por él y debía estar preparado. El ruido le buscaba a él.

Encontró el arpón y el arco donde solía tenerlos colgados, en las estacas del estante de la pared y trajo sus armas hasta el lecho de ramas de pino que se había preparado. Mayor comodidad, pero al igual que el calorcillo de la lumbre, eso tampoco le reconfortaba demasiado con la nueva amenaza que no acababa de desentrañar.

Una amenaza infatigable, se dijo, y salió fuera del refugio lejos de la lumbre para escudriñar el cielo, pero estaba demasiado negro. El ruido le quería decir algo, algún recuerdo almacenado en su memoria, algo sobre lo que había leído en algún sitio. Algo que había visto en televisión. Algo... Oh, cayó en la cuenta. ¡Oh, no!

Era el viento, viento parecido al estruendo de un tren, el profundo estruendo rugiente de la panza de un tren. Era un tornado. ¡Era eso! Aquel estruendo de un tren era un mal viento que se aproximaba a él. Dios, pensó, encima de lo del alce ahora esto. ¡Esto no!

Pero ya era demasiado tarde, demasiado tarde para todo. En aquella extraña quietud observó el cielo de la noche, se metió en el refugio y se quedó en cuclillas para salir disparado por la abertura de la puerta en cuanto viniese la sacudida. Más tarde, al reflexionar sobre todo esto, lo comparó con el topetazo del alce. Pura locura. Fue sorprendido por detrás por una fuerza vesánica que lo arrojó de bruces al suelo, y lo aplastó contra las ramas de pino de su lecho.

Al mismo tiempo, el viento desbarató el fuego y arremolinó una nube de brasas y chispas en todo su rededor. Luego cedió un instante y arremetió con un rugido furioso, un rugido que atronó sus oídos y su mente y su cuerpo.

Fue sacudido contra la pared delantera del refugio como una alfombrilla, sintió otra vez un dolor lacerante en las costillas, acto seguido quedó de nuevo empotrado en la arena del suelo mientras el viento arrancaba de cuajo su pared protectora, su lecho de ramas, el fuego, sus utensilios —todo, absolutamente todo— y lo arrojó al lago, todo había desaparecido de su vista, desaparecido para siempre. Sintió una quemadura en el cuello y alargó rápido una mano para quitarse unas cuantas ascuas. Se las sacudió, encontró más en sus pantalones, se las quitó, y el viento volvió a azotar con nuevo brío, fuertes ráfagas, cortantes ráfagas. Oyó chasquidos en los árboles del bosque próximo a la roca, notó su cuerpo correr dando saltos y trepando a gatas por los riscos para resguardarse abajo. No podía pensar, únicamente se quedó quieto y se dio cuenta de que estaba rezando, ni sabía que rezaba siquiera —sólo sabía que quería vivir, permanecer allí y vivir—, y entonces el viento se dirigió hacia el lago.

Brian escuchó el atronador rugido arrancando lamentos al agua y abrió los ojos para contemplar el lago torturado por el viento, el agua encrespándose en grandes olas que sobresalían en todas direcciones y que se entrechocaban entre sí para luego desplomarse levantando un surtidor de agua que se clavaba en el cielo de la noche como una columna de luz acuosa. Era un espectáculo hermoso y sobrecogedor a un tiempo.

El tornado explotó una vez más en la orilla opuesta del lago, Brian pudo oír los chasquidos y resquebrajamientos de los árboles partidos y luego desapareció, desapareció con la misma celeridad con la que se había presentado. No dejó nada a excepción de Brian en aquel sitio lóbrego. No pudo encontrar en el lugar en que había estado encendido el fuego ni una chispa, nada de su refugio, utensilios, o el lecho de ramas, hasta el cuerpo del pájaro atontolinado había desaparecido. Estoy de nuevo sin nada, pensó, intentando buscar alguna cosa en aquella oscuridad, igual que al principio cuando sufrió el accidente. Malherido, en plena oscuridad de la noche, exactamente igual.

Como un colofón a sus pensamientos, los mosquitos —con el fuego apagado y sin el humo protector que los ahuyentaba— se apelotonaron en densos enjambres que le obturaban los orificios nasales. Lo único que le quedaba en su cinturón era el hacha. Todavía allí. Pero en ese momento comenzó a llover y con aquel chaparrón le hubiese resultado completamente imposible encontrar algo seco para encender un fuego, y, en último término, arrastró su malparado cuerpo hasta llegar debajo del saledizo, allí donde había tenido su lecho, y cruzó sus brazos protegiéndose las costillas.

No venía el sueño, era imposible que viniera con los insectos sin dejar de aguijonearle, así que se tumbó lo que quedaba de noche dando manotones a los mosquitos y rumiando en su mente los sucesos del día. Aquella misma mañana había engordado —bueno, casi— y estaba feliz, seguro de todo, con buenas armas y comida y el sol en su rostro y las cosas que le prometían un futuro esperanzador, y en lo que dura un día, en sólo un día, le había machacado un alce y un tornado, había perdido cuanto tenía y había perdido su refugio, y debía acomodar otro de nuevo. Otro exactamente como el otro.

Un lanzamiento a cara o cruz de alguna moneda gigantesca y le tocó ser el perdedor.

Pero hay una diferencia ahora, pensó, hay una verdadera diferencia. Podría estar malherido y no lo estoy. Cuando se levante el día volveré a reedificar todo. Conservo todavía el hacha y eso mismo era cuanto poseía al principio.

Vamos, pensó descubriendo sus dientes en la oscuridad, vamos. ¿Es esto lo que mejor puedes hacer? ¿Es esto todo cuanto puedes maltratarme, un alce y un tornado? Bien, consideró sujetándose las costillas y sonriendo, luego escupiendo los mosquitos de su boca. Bien, pues no te daré el gusto de ver terminada tu obra. La diferencia radicaba precisamente en eso ahora. Se había operado un cambio en él ahora, se había forjado duro y tenaz. Me he hecho resistente donde cuenta principalmente: resistente en mi mente.

El cabo, precisamente poco antes del amanecer, se impuso una ligera ola de frío —algo nuevo también este breve período de frío— y los mosquitos se fueron a esconderse entre la húmeda hierba y en la hojas de los árboles y él pudo recobrar el sueño. O un duer-

114

mevela. Y el último pensamiento que cruzó su mente aquella mañana en cuanto cerró sus ojos fue: confío que el tornado haya zurrado bien al alce.

Cuando se despertó, el sol entraba de lleno en su boca y tenía la lengua más reseca y correosa que el cuero. Había caído en un profundo sopor con la boca abierta en el mismo nacimiento del alba y notaba un regusto como si hubiese estado lamiendo sus pies durante toda la noche. Salió arrastrándose y casi rompe a gritar por el dolor de sus costillas. Habían quedado comprimidas en el transcurso de la noche y ahora parecían dar tirones en su pecho cada vez que se movía. Hizo sus movimientos más lentos y se puso de pie muy despacio, sin estirarse en exceso y se encaminó hacia el lago para beber. Se arrodilló en la misma orilla, con mucho tiento y gran precaución, y bebió y se enjuagó la boca. Observó que a su derecha permanecía aún su criadero de peces, a pesar de que el bastidor de ramas de sauce trenzadas que puso de puerta ya no estaba y no quedaba un solo pez de muestra. Vendrán sin duda, se dijo, en cuanto pueda fabricarme un arpón o un arco y atrape uno o dos para cebo, vendrán.

Se volvió para ver su refugio. Comprobó que parte de los troncos de la pared estaban desparramados por la orilla, pero al menos estaban allí, después vio su arco enganchado en un madero suelto, partido, pero con la preciosa cuerda aún intacta. No iba tan mal la cosa de momento; no iba tan mal. Estaba mirando por todas partes a lo largo de toda la orilla en busca de trozos de la pared y fue en ese preciso momento cuando lo divisó.

Sobresaliendo en el lago, en el lado corto de la L, algo curvado y amarillo estaba hundido en el agua dejando al descubierto fuera del agua unos quince centímetros. Tenía un color muy vivo, no era un color de tierra o un color que fuese natural, y tampoco esta segunda vez pudo explicarse su naturaleza, luego supo lo que era en realidad.

—Es la cola de la avioneta. —Pronunció estas palabras en voz alta, como si esperara escuchar la respuesta de alguien. Allí estaba, asomando en el agua. El tornado de algún modo debía haber desplazado algo la avioneta cuando revolvió el lago, cambió su posición y empujó la cola hacia arriba. Vaya, se dijo. Vaya, mírala ahí. Y casi al mismo tiempo un pensamiento cortante le conmovió. Pensó en el piloto, aún en la avioneta, lo que le sumió en una estremecedora e imponente tristeza que pareció aplastarle como si le hubieran colocado un enorme peso encima y pensó que debería decir o hacer algo por el piloto; aunque fuese algunas palabras, pero no sabía ninguna de esas palabras que se pronunciaban en estas ocasiones, las palabras religiosas, rituales.

De forma que se aproximó al borde del agua y miró a la avioneta y concentró su espíritu, de la misma manera que cuando intentaba cazar los pájaros atontolinados y quiso concentrarse, centrados sus pensamientos en el piloto y deseó: que descanse en paz. Que descanse en paz para siempre.

XVII

Regresó a lo que fue campamento y observó las ruinas. Tenía que hacer un montón de cosas, reconstruir su refugio, encender un nuevo fuego, encontrar comida o hacer los preparativos necesarios para encontrar comida, fabricarse armas. Y tenía que trabajar despacio porque sus costillas se resentían.

Lo primero es lo primero. Antes que nada intentó encontrar hierba seca y ramillas, luego raspó corteza de un cercano abedul deshilachándola para hacerle un nido al fuego. Trabajó con calma pero sin respiro y, con su recientemente adquirida destreza, obtuvo el fuego en menos de una hora. Las llamas anularon la humedad de la mañana, crepitaron y en buena medida contribuyeron a elevar su ánimo, ni que decir tiene que expulsaron a los persistentes mosquitos. Una vez despabilado el fuego, se fue a buscar madera seca —la lluvia había calado prácticamente toda la madera que pudo encontrar— y finalmente localizó cierta cantidad en un grueso árbol de hoja perenne en el que las ramas superiores cubrían a las de más abajo que se mantenían secas.

Pasó sus buenos apuros para partirlas, ya que el brazo y los músculos pectorales le impedían hacer mucha fuerza, pero por fin reunió la suficiente como para mantener el fuego ardiendo durante todo el día y toda la noche. Realizada esta tarea se puso a descansar un momento, reposo que mitigó las molestias de su pecho, y luego emprendió el trabajo de arreglar el refugio.

Mucha de la madera original de la pared inicial estaba tirada por allí cerca y algo más allá de la cresta rocosa encontró una buena porción de la trabazón de troncos intacta todavía. El viento la había arrancado, la había levantado por los aires y la había descargado en lo alto de la cresta y Brian se sintió realmente afortunado por no haber muerto o por no haber sido herido más seriamente, lo que habría sido lo mismo, pensó. Si se hubiese visto imposibilitado para cazar, hubiese muerto y si sus lesiones hubiesen revestido una gravedad mayor, no hubiese sido capaz de cazar.

Arrastró a sacudidas y acarreó madera de los alrededores hasta que el paredón frontal estuvo una vez más en su sitio, algo tosco ahora, pero ya lo reformaría y mejoraría más adelante. No tuvo dificultad alguna en encontrar ramas de sobra para acomodarse un nuevo jergón. El vendaval había triturado en parte el bosque, parecía como un gigante que hubiese montado en cólera y hubiese pasado algo así, como una imponente trituradora, por los árboles que bordeaban la cresta.

Pinos enormes habían sido derribados, arrancados de raíz y esparcidos por todos lados. El terreno estaba tan cubierto de maleza, de ramas y copas de árboles incrustadas por tantos lugares, que resultaba extremadamente complicado caminar a través de todo aquello. Acarreó los palos y ramas necesarias para su lecho, verdes y aromatizadas con el perfume de la savia reciente de las ramas partidas, y por la tarde ya estaba exhausto, famélico y dolorido, pero ya tenía de nuevo algo parecido a un lugar habitable, un lugar para vivir.

Mañana, imaginó, al mismo tiempo que se tumbaba en medio de la oscuridad. Mañana posiblemente los peces volverían y se podría fabricar un arpón y un nuevo arco y podría agenciarse algo de comida. Mañana encontraría comida y aviaría mejor el campamento y las cosas volverían de una santa vez a la normalidad después de aquel día desquiciante del todo.

Volvió su rostro hacia el fuego. Ladeó su cuerpo, apoyó la cabeza sobre un brazo y, ya empezaba a conciliar el sueño, cuando una imagen se le clavó en la cabeza. La cola de la avioneta asomando fuera del agua. Exacto, la cola asomando fuera. Y en el interior de la avioneta, por algún sitio cerca de la cola, estaba la bolsa de supervivencia. No podía haberse perdido porque el cuerpo principal de la avioneta, el fuselaje, permanecía aún intacto. Ésa constituía exactamente la imagen —la cola asomando y la bolsa de supervivencia dentro—, clavada en su mente cuando se estaba quedando dormido. Abrió los ojos de golpe. Si pudiese llegar hasta la bolsa, pensó. Oh, si pudiese llegar hasta la bolsa. Con toda seguridad habría comida y machetes y cerillas. Puede que hubiese un saco de dormir. Podría haber aparejos de pesca. Oh, tiene que contener cosas maravillosas. Si pudiese llegar hasta la bolsa y sacar algunas de esas cosas. Sería rico. Sería tan rico si pudiera llegar hasta la bolsa...

Mañana. Contempló las llamas y sonrió. Mañana veré. Todo será mañana.

Se durmió, un sueño intenso y profundo con la única imagen de la cola de la avioneta asomando en su mente. Un sueño sedante.

Por la mañana salió arrastrándose antes de que la claridad se impusiese. Avivó el fuego en aquel gris amanecer y encontró más madera para la jornada, madera cuyo peso apenas sentía porque sus costillas estaban ahora muchísimo mejor. Con el campamento ya aviado de momento por aquel día, miró hacia el lago. Él mismo en parte esperaba que la cola de la avioneta hubiese desaparecido, pero comprobó con sus propios ojos que todavía permanecía allí, no parecía haberse movido en toda la noche.

Miró abajo a sus pies y vio que había unos pocos peces en su corraliza buscando los minúsculos trocitos de cebo que todavía quedaban desde antes de que viniese el viento. Frenó su impaciencia por poner en seguida en práctica el plan de la avioneta y tuvo presente su buen sentido común, tuvo presente lo que había aprendido. La comida antes que nada, porque la comida procuraba energía; primero la comida, luego el pensamiento, a continuación la acción. Tenía allí pescado a mano, y quizá no fuese posible sacar nada de la avioneta después de todo. No era más que un sueño de momento.

Los peces eran reales y su estómago, hasta su nuevo y más reducido estómago actual, le estaba enviando señales desesperadas de que estaba completamente vacío.

Fabricó un primer arpón de dos puntas, pero ahora no se entretuvo en pelar toda la corteza, sino que trabajó únicamente en el extremo puntiagudo. Tardó poco más o menos una hora y, durante todo ese tiempo que estuvo trabajando, se quedó sentado contemplando de vez en cuando la cola de la avioneta que asomaba fuera del agua, sus brazos manos a la obra, su pensamiento ensimismado en el proyecto de la avioneta.

Cuando terminó el arpón, aunque algo tosco todavía, embutió una pequeña cuña entre las dos puntas para que quedasen separadas y se encaminó hacia la charca de los peces. No es que hubiese un sinnúmero de peces, pero por lo menos había diez, y escogió uno de los mayores, un pez redondo y de casi quince centímetros de largo, y puso la punta del arpón en el agua, lo mantuvo allí, después lo hincó con un rápido movimiento de su muñeca cuando el pez estuvo exactamente bajo la punta.

El pez fue hábilmente ensartado y pescó dos más con idéntica facilidad, a continuación se llevó los tres arriba al fuego. Ahora disponía de una tabla para el pescado, un trozo de madera que había aplanado con el hacha y que colocaba inclinada muy cerca del fuego, para que se asaran los peces, de esta forma no tenía él que estar sosteniendo todo el rato un palo. Dispuso los tres peces sobre la tabla, fijó los peces atravesando sus colas con astillas finas que introdujo en las grietas de la tabla de asar y la apuntaló muy próxima a las brasas incandescentes. A los pocos minutos los peces estaban borbolloneando y tostándose con el fuerte calor y, en cuanto estuvieron a punto o cuando ya no pudo soportar por más tiempo su olor, extrajo la humeante carne bajo la piel suelta y se la comió.

Los peces no le saciaron, ni mucho menos, la carne de pescado era demasiado ligera como para eso. Pero le dieron energía —podía notarla recorriendo sus brazos y piernas— y empezó a trabajar en el plan de la avioneta.

Mientras estuvo elaborando el arpón había decidido que lo que tenía que hacer era una balsa y conducirla a empujones hasta la avioneta y sujetarla allí como una base de operaciones. Tendría que buscar la forma de penetrar en el interior de la avioneta por la cola —practicando un orificio cortando o arrancando alguna parte—, pero fuese lo que fuese lo que hiciera, necesitaría algún tipo de base de operaciones. Una balsa.

Lo que, con gran pesar suyo, descubrió que era mucho más fácil de decir que llevarlo a la práctica. Había una infinidad de troncos por doquier. La orilla estaba atestada de leños sueltos, verdes y secos, derribados y esparcidos por todos sitios por el tornado. Y resultó muy fácil encontrar cuatro de ellos aproximadamente de la misma longitud y colocarlos juntos.

El problema empezaba a la hora de intentar sujetarlos unidos. Sin cuerdas ni travesaños ni clavos, los troncos resbalaban y se separaban. Intentó unirlos juntos entrelazándolos entre sí; nada parecía resultar. Y el caso era que necesitaba una plataforma estable para poder llevar a cabo su plan. Aquello era un fiasco y por unos instantes llegó a perder los nervios, como hubiese hecho en el pasado, cuando era la otra persona.

Llegado a ese extremo, se sentó en la playa y analizó el problema otra vez. Ingenio, tenía que utilizar su ingenio. Eso es cuanto se necesita para resolver los problemas; sólo ingenio.

Entonces fue cuando le vino la ocurrencia. Los troncos que había escogido eran lisos y redondos y carecían de ramas. Lo que verdaderamente necesitaba eran troncos con ramas laterales, de este modo podría entrelazar las ramas de un tronco con las ramas de los otros y entretejerlos todos juntos de la misma forma que había operado con la pared parapeto del refugio, con la tapadera del estante de la comida y con el bastidor del estanque de los peces. Echó un vistazo por la zona de la playa y descubrió cuatro copas de árbol tronchadas por el vendaval. Tenían muchas ramas y las arrastró hasta su área de trabajo al borde del agua y las alineó todas juntas.

Esto le ocupó la mayor parte del día. Las ramas salían de los troncos a su aire en completo desorden y tendría que cortar una para tejer un entrelazado y después otra de otro tronco para enlazarla con la primera, luego otra de un tercer tronco para sujetarla entre medias...

Pero al fin, ya tenía a media tarde todo concluido y la balsa —que bautizó Escobitronco I por su pinta— bien trabada, cuando la empujó desde la playa hasta el agua. Flotaba bien, aunque algo hundida en el agua, y empezó a avanzar hacia el avión dominado por el nerviosismo.

No podía ponerse de pie encima, pero nadaría pegado a su lado.

Ya le llegaba el agua más arriba del pecho cuando se dio cuenta de que no tenía nada para sujetar la balsa a la avioneta. Necesitaba algún tipo de atadura para fijarla en un sitio desde el que poder maniobrar.

Y se quedó bloqueado unos instantes. Carecía de cuerda, únicamente disponía del cordel del arco y el otro cordón partido en dos trozos para las dos zapatillas de tenis —que ya estaban para el arrastre, dejando asomar los dedos por las punteras—. Luego se acordó de su cazadora y encontró la parte desgarrada que utilizaba como carcaj para las flechas. La cortó en estrechas tiras y las anudó unas con otras hasta formar una soguilla de metro y medio de largo. No era resistente, no podría utilizarla para colgarse como Tarzán y columpiarse, pero mantendría aferrada la balsa a la avioneta.

Una vez más, deslizó la balsa hacia la playa y hacia afuera hasta que el agua le llegó a la altura del pecho. Había dejado las deportivas en el refugio y cuando notó el barro colarse en los dedos de los pies, dio un impulso apoyándose en el fondo y empezó a nadar.

Mientras avanzaba empujando la balsa se imaginó estar empujando un portaaviones. Todas las ramas que sobresalían por la parte de abajo obstaculizaban y frenaban el avance y hasta los mismos troncos se resistían en cada impulso, y no había adelantado siete metros, cuando cayó en la cuenta de que iba a resultar mucho más difícil de lo que creía arrastrar la balsa hasta la avioneta. Apenas se movía y, si mantenía ese ritmo, arribaría a la avioneta al anochecer. Tomó la determinación de dar la vuelta otra vez, dejar transcurrir la noche y empezar temprano por la mañana, y sacó de nuevo la balsa a la arena y la sacudió con las manos para limpiarla y secarla.

Paciencia. Estaba mejor ahora, pero la impaciencia todavía le reconcomía algo, así que se sentó en el borde de su estanque de peces con su nuevo arpón y espetó tres peces más, los asó y se los comió, con lo que transcurrió el tiempo hasta que se hizo oscuro. Acarreó también más madera hasta el refugio —inacabable madera— y luego descansó y contempló la puesta de sol sobre los árboles que resaltaban detrás de la cresta. El oeste, pensó. Estaba comtemplando la puesta del sol por el oeste. Y esa otra dirección era el norte, donde se encontraba su padre, y por allá está el este y por allá el sur; y en algún lugar entre el sur y el este se hallaría su madre. Seguramente habrían dado la noticia por televisión. Podía imaginarse más fácilmente a su madre haciendo cosas que a su padre porque nunca había estado donde se encontraba su padre ahora, Conocía a la perfección todo lo concerniente al modo de vivir de su madre. Tendría el pequeño televisor en el mostrador de la cocina y estaría viendo el telediario y comentando el lamentable ambiente en Sudáfrica o lo mono que resultaba algún pequeñín de los anuncios. Haciendo comentarios y haciendo ruidos, cocinando al son de los ruidos.

Cambió repentinamente sus cavilaciones y las centró de nuevo en el lago. Había una apabullante belleza allí; una belleza casi increíble. El sol iluminaba esplendorosamente el cielo, pareció incluso agrandarse con aquel color menguante, y aquel color cayó rodando sobre el agua del lago, iluminó los árboles. Asombrosa belleza, y deseó poder compartirla con alguien y decir: «Mira allí, allá enfrente, y observa eso...»

Pero incluso solo, aquello era bonito y reavivó el fuego para cortar el frío de la noche. Aquí está otra vez, pensó, ese tardío frío de verano en el aire, el olor del otoño. Se fue a dormir imaginándose una pregunta al revés. No sabía si alguna vez podría salir de esa situación, no podía suponer cómo sería siquiera, pero si de la forma que fuere, conseguía volver a casa y vivir de la misma forma que lo hacía antes, ¿pasaría exactamente lo contrario? ¿Estaría viendo la televisión y pensaría de repente en esa puesta de sol tras la cresta y se preguntaría por el color que tenía el lago?

Sueño.

Por la mañana el frío era más penetrante y podía ver las diminutas espirales de vapor que despedía su aliento. Echó leña al fuego y sopló hasta que brotaron llamas, las avivó hasta que ardieron solas y se bajó al lago. Cuando empezó a vadear notó el agua templada, posiblemente por contraste con el aire tan frío. Se aseguró de que el hacha estaba todavía en su cinturón y de que la balsa permanecía bien trabada, luego se puso a empujar la balsa y a nadar en dirección a la cola de la avioneta propinando grandes patadas al agua.

Como la otra vez, resultaba complicado avanzar. En cierto momento se levantó una brisa revuelta que soplaba contra él y le produjo la impresión de quedarse fijo sin adelantar y, antes de que se acercara a la cola a suficiente distancia como para distinguir los remaches en el aluminio, ya había empujado y pataleado más de dos horas, estaba casi extenuado y pensó en dedicar un momento a pescar algo y desayunar. Estaba arrugado como una pasa y deseoso de un descanso.

La cola le pareció más grande cuando la tuvo cerca, dejando a la vista una parte considerable del plano fijo de deriva y más o menos la mitad de los timones de profundidad. Tan sólo una pequeña parte del lomo del fuselaje, el cuerpo de la avioneta que empalmaba con la cola, sobresalía del agua, un simple resalte curvado de aluminio. Al principio no daba con ningún sitio al que atar la balsa. Pero recorrió los timones de profundidad de extremo a extremo y encontró una rendija que se abría en la articulación de la bisagra a través de la cual podía introducir su cuerda.

Cuando tuvo aferrada la balsa, se subió encima de ella y se tumbó de espaldas durante quince minutos, descansando y dejando que el sol le calentara. Para tener la mínima posibilidad de éxito tenía que estar en plena forma antes de empezar.

Tenía que entrar dentro de la avioneta de algún modo. Todas las aberturas, incluida la pequeña escotilla de carga trasera, se encontraban bajo el agua, así que no podía acceder a ellas sin bucear para introducirse en la panza de la avioneta.

Donde quedaría atrapado.

Sólo pensarlo le hizo estremecerse y entonces se acordó de lo que había en el parte delantera de la avioneta. Hundido en el fondo del lago, todavía atrapado en su asiento, el cuerpo del piloto. Sentado en medio del agua; Brian podía verlo, ese hombrón con su cabello ondeando por la corriente de agua, sus ojos abiertos...

Para, pensó. Para ahora mismo. Para ese pensamiento. Estuvo en un tris de regresar a nado a la orilla y olvidarse de todo el asunto. Pero el recuerdo del equipo de supervivencia le contuvo. Si pudiese sacarlo fuera. Aunque nada más fuese llegar hasta él y poder sacar algo fuera. Un terrón de azúcar.

Sólo eso; sólo un terrón de azúcar. Sólo por eso valdría la pena.

Pero, ¿cómo colarse en el interior de la avioneta?

Soltó la balsa y empujó alrededor de la avioneta. Ninguna abertura. Tres veces metió la cabeza en el agua y abrió los ojos y miró por allá abajo. El agua estaba turbia, pero aún podía ver hasta unos dos metros más o menos y no había a la vista ningún medio de entrar. Estaba bloqueado.

XVIII

Brian dio la vuelta a la cola de la avioneta dos veces más, toqueteando en el timón de dirección y en el timón de profundidad pero no había manera de encontrar nada.

Majadero, pensó. Fui un majadero al creer que todo iba a ser venir aquí y meterme dentro de la avioneta. No es así de fácil. Por lo menos no aquí, no en este sitio. No es nada fácil.

Aporreó con su puño el cuerpo de la avioneta y el aluminio que lo recubría, ante su total pasmo, cedió con facilidad. Dio un nuevo puñetazo, y se hundió una vez más y empujó y comprobó que no era ni siquiera necesario golpear, que con un simple empujón cedía. Se trataba realmente, dedujo, de una fina lámina de aluminio que recubría una especie de estructura como un esqueleto, y si cedía con semejante facilidad posiblemente fuese capaz de abrirse una vía a su través...

El hacha. Es muy posible que con su hacha pudiese abrirla o tajarla. Se llevó la mano al cinturón y sacó el hacha, eligió un lugar que antes había cedido ante su puño y asestó un hachazo de tanteo.

El hacha tajó el aluminio como si fuese queso blando. No podía dar crédito a lo que veía. Tres hachazos más y abrió un boquete triangular del tamaño de su mano y pudo ver cuatro cables que supuso serían los cables de control que iban hasta la cola y machacó la piel de la avioneta con una serie de frenéticos hachazos para hacer más amplio el boquete practicado, y estaba intentando arrancar un trozo de aluminio situado entre dos abrazaderas o algo así, cuando se le resbaló el hacha de las manos.

Fue a parar abajo entre sus piernas. Sintió que le golpeó un pie y luego abajo, abajo al agua y, durante unos segundos, no quiso aceptar que él había hecho eso. Durante todo ese tiempo, toda su vida y su lucha, el hacha lo había sido absolutamente todo, la había llevado siempre consigo. Sin el hacha no tenía nada —ni fuego, ni utensilios, ni armas—, no era nada. El hacha era, había sido él mismo.

Y se le había caído.

«¡Arrgghhh!», chilló, y se atragantó con un gruñido de desesperación por su descuido. El boquete abierto en la avioneta era demasiado estrecho todavía para que fuese de alguna utilidad y ya no tenía a partir de ese momento ninguna herramienta.

«Esto es lo que debería haber hecho antes», gritó al lago, al cielo, a los árboles. «Cuando llegué aquí, yo debería haber hecho esto. No ahora. No ahora...»

Aguantó algo todavía y se dejó caer en la balsa un momento y sintió pena de sí mismo. De su estupidez. Pero, como la vez pasada, la autocompasión de nada sirvió y comprendió que únicamente le quedaba una línea de acción.

Tenía que recuperar su hacha. Tenía que bucear y recuperarla.

Pero, ¿qué profundidad había? En la parte honda de la piscina del colegio no tenía ningún problema para tocar el fondo y tenía, estaba muy seguro, alrededor de tres metros y medio.

Aquí resultaba imposible saber a ciencia cierta la profundidad exacta. La parte delantera de la avioneta, escorada por el peso del motor, evidentemente estaba anclada en el fondo, pero subía hasta la superficie en ángulo, así que la profundidad del agua no coincidía con la longitud de la avioneta.

Se incorporó fuera del agua para facilitar la expansión de su pecho, hizo dos profundas inspiraciones y se inclinó y se sumergió estirando los brazos e impulsándose con los pies contra el fondo de la balsa. La primera batida le hizo recorrer unos dos metros y medio, pero la visibilidad alcanzaba tan sólo metro y medio más y aún no podía apreciar el fondo. Braceó otros dos metros más, zumbándole la presión en los oídos hasta que se apretó la nariz y se los hurgó con pequeñas sacudidas y, precisamente cuando se le agotaba el aire e iba a iniciar el movimiento ascendente, creyó vislumbrar el fondo, metro y medio debajo de él todavía.

Su salida a la superficie fue como una explosión, golpeándose la cabeza contra un lado del timón de profundidad cuando salió como una ballena a coger aire, arrojando el aire viciado hasta que empezó a jadear, renovándolo. Debería llegar a mayor profundidad todavía y sobrarle tiempo para buscar mientras estuviese abajo.

Estúpido, se dijo una vez más, maldiciéndose, pedazo de animal. Respiró una y otra vez, hinchando el pecho al máximo de su capacidad, luego infló por última vez sus pulmones cuanto pudo, se dio la vuelta y se sumergió de nuevo.

Esta vez formó una flecha con sus brazos y utilizó las piernas para impulsarse en el fondo de la balsa, con toda la potencia de sus piernas, para salir disparado instantáneamente como un resorte y descender embalado. En cuanto notó que perdía algo de velocidad, empezó a extender con fuerza los brazos hacia sus costados, como si fueran paletas, impulsándose con sus piernas como las ranas y esta vez tuvo la fortuna de rozar el barro con su rostro.

Meneó la cabeza para aclararse los ojos y miró en su derredor. La avioneta desaparecía hundida enfrente de él. Supuso que podría ver las ventanillas y eso le hizo pensar de nuevo en el piloto sentado dentro y luchó por apartar semejante pensamiento, pero no pudo ver el hacha. Las reservas de aire estaban empezando a agotarse en su cerebro y comprendió que le quedaban pocos segundos ya, pero aguantó un momento e intentó desplazarse algo y, cuando estaba ya apunto de quedarse sin aire, consciente de que pronto iba a resoplar, vio el mango sobresaliendo del fango. Hizo una tentativa con la mano para agarrarlo, falló, la extendió de nuevo y notó sus dedos muy cerca de la goma del mango. Lo asió y con un solo movimiento batió sus pies contra el barro y tomó impulso hacia arriba. Pero ahora sus pulmones estaban a punto de estallar y notaba destellos luminosos en su cerebro, explosiones de color, e iba a absorber una bocanada de agua y tragársela hasta inundar los pulmones y, en el preciso instante en que abrió su boca para aspirar, para tragarse toda el agua del lago, su cabeza resopló en la superficie y en la luz.

«¡Tchaaak!» Fue como si un globo hubiese reventado. Vez tras vez expelía el aire viciado y absorbía el nuevo. Llegó hasta el borde de la balsa y se agarró a ella, no haciendo otra cosa que respirar, hasta que pudo pensar de nuevo con el hacha apretada y brillando en su mano derecha.

«Perfecto... la avioneta. Todavía la avioneta...»

Regresó al boquete del fuselaje y empezó otra vez a picar y tajar, desgajando a trozos la lámina de aluminio. Resultó una faena lenta porque ahora iba con mucho tino, manejaba el hacha con sumo cuidado, pero dio hachazos y desgarró hasta que logró abrir una brecha suficientemente ancha como para meter la cabeza y los hombros y asomarse dentro. Estaba todo muy oscuro dentro del fuselaje y no podía ver nada, por supuesto nada del equipo de supervivencia. Había algunas briznas y trozos de papel flotando en la superficie dentro de la avioneta —suciedad del suelo de la avioneta que había quedado flotando—, pero nada que tuviera importancia.

Bien, se dijo. ¿Esperabas que esto iba a ser fácil? ¿Tan fácil como abrir y, nada más abrirlo, coger el equipo?

Tendría que ensanchar aquello más, mucho más si quería fisgar allí dentro y ver qué podía encontrar. El equipo de supervivencia era una bolsa de nylon con cremallera, o a lo mejor de lona o algo así, y le pareció recordar que era roja, ¿era gris? Bueno, tampoco tenía eso tanta importancia. Tenía que haberse desplazado cuando el avión chocó y podría estar retenida debajo de algún trasto.

Empezó a dar golpes otra vez, cortando el aluminio y arrancándolo en pequeños triángulos, colocándolos en la balsa conforme los iba desprendiendo; no debía desperdiciar nada en adelante, pensó, porque quién sabe si no le serían de alguna utilidad más tarde. Fragmentos de metal, puntas de flecha o señuelos, quién sabe. Y, cuando por fin dio por terminado su trabajo, había despejado el lado y parte superior del fuselaje que sobresalía encima del agua, había tajado abajo en el agua hasta donde había podido llegar y tenía una brecha casi tan grande como él, sin contar que se hallaba atravesada y entrelazada de tirantes de aluminio —o quizá acero, no lo podía asegurar—, largueros y cables. Era un endemoniado y enredado revoltijo, pero, tras cortar unos cuantos tirantes, había espacio más que suficiente para poder desenvolverse bien por allí y penetrar en el interior.

Se contuvo unos instantes, incómodo ante la idea de meterse en la avioneta. ¿Y si la cola se bandeaba y se hundía hasta el fondo y él quedaba encajonado dentro y no podía salir? Era un pensamiento temeroso. Pero luego lo repensó mejor. Ese trasto llevaba empinado dos días, algo más, y él había andado machacándolo y trepando por él y no se había vencido ni se había venido abajo. Parecía muy estable.

Serpenteó entre cables y largueros, haciendo contorsiones y tirando hasta que se encontró dentro de la cola con la cabeza fuera de la superficie del agua y sus piernas apoyadas en el piso inclinado. Cuando estuvo preparado, tomó una profunda inspiración y se impulsó hacia adentro con sus piernas por el suelo, a tentones en busca de algún tipo de tejido o ropa —cualquier cosa— con sus pies descalzos. No palpó nada que no fuesen las planchas del piso.

Arriba, una nueva respiración, luego se agarró a los tirantes que estaban ya debajo del nivel del agua y se impulsó hacia abajo, sin dejar de accionar sus piernas cada vez más abajo hasta casi llegar hasta los respaldos de los asientos y finalmente, en el lateral izquierdo de la avioneta, creyó que sus pies chocaban contra ropas o lona.

Arriba, por más aire, inspiración profunda, un nuevo impulso agarrado a los tirantes y un descenso tan rápido como pudo hasta que se trabó con los pies abajo y chocó de nuevo con aquello, definitivamente lona o nylon recio, y esta vez, al presionar con un pie, le pareció notar algo dentro, algo duro.

Tenía que ser la bolsa. Desplazada hacia adelante por el choque, estaba atascada entre los respaldos de los asientos y atrapada en algo. Intentó alcanzarla y tirar de ella, pero ya no le quedaba aire y subió por más.

Llenos los pulmones con hondas inspiraciones, salió otra vez disparado hacia abajo, apoyándose en los largueros hasta que estuvo casi allí, luego, poniéndose cabeza abajo, agarró la tela. Era el equipo de supervivencia. Dio un tirón y unas sacudidas para desembarazarlo y, en el preciso instante en que lo desprendió y en que su corazón le dio un vuelco al notar que aquello subía, miró hacia arriba, por encima del bolso. Gracias a la luz que entraba por la ventanilla lateral, difusa claridad verduzca a causa del agua, vio la cabeza del piloto, sólo que aquello ya no era la cabeza del piloto.

Los peces. Nunca se lo había imaginado, pero los peces —esos mismos peces que él se había estado comiendo— tenían que comer también. Habían estado con el piloto durante todo ese tiempo, casi dos meses, mordisqueando y royendo y todo cuanto quedaba era la calavera no monda del todo y, cuando miró hacia arriba, ésta se bamboleaba libremente.

Demasiado. Demasiado. Su mente lanzó alaridos de espanto y él dio un respingo hacia atrás y se puso enfermo allí mismo en el agua, tan enfermo que se ahogaba e intentaba respirar agua y pudo muy bien haber terminado allí, terminado con el piloto donde casi terminó cuando llegaron ambos por primera vez, sólo que sus piernas dieron una potente sacudida. Se trató de algo instintivo, miedo más que otra cosa, miedo de lo que había visto. Pero dieron la sacudida y el impulso y él se vio lanzado hacia arriba y salió proyectado a la superficie, todavía encerrado en la jaula de largueros y cables.

Pegó con la cabeza en un tirante cuando intentó pasar sin tocar obstáculos y alzó el brazo para agarrarse a él y así quedó libre, en el aire, suspendido en el interior de la cola.

Se quedó colgado de esa forma por varios minutos, jadeando y palpitando y boqueando con ansia de aire, luchando por borrar la imagen del piloto de su mente. Se fue muy despacio —se dio cuenta de que jamás llegaría a desaparecer por completo— pero miró hacia la orilla y allí estaban los árboles y los pájaros, el sol estaba ya bastante bajo y amarillo sobre su refugio y, cuando cesó de toser, pudo oír los apacibles sonidos de la tarde, los tranquilizadores sonidos, los sonidos de los pájaros y de la brisa entre los árboles.

La tranquilidad se apoderó de él al fin y acompasó su respiración. Todavía quedaba muchísimo por terminar, había un montón de trabajo que hacer. La bolsa estaba flotando a su lado pero aún tenía que sacarla fuera de la avioneta y colocarla sobre la balsa, luego tenía que arribar a la orilla otra vez.

Serpenteó a través de los largueros —le pareció más complicado que cuando entró— y tiró de la balsa. La bolsa se resistió. Era como si no desease abandonar la avioneta. Dio estirones y empujones bruscos y no terminaba de entrar y al final tuvo que variar su forma, recolocando lo que contenía en el interior empujando, tirando por los lados hasta que la estrechó y la dejó alargada. Fue difícil incluso cuando cedió y tuvo que empujar primero hacia un lado, después hacia el otro, unos dos centímetros cada vez, estrujándola.

Todas estas operaciones le llevaron cierto tiempo y, cuando al fin sacó la bolsa y la tuvo sujeta sobre la balsa, ya era casi de noche, tenía rotos hasta los huesos de tanto trabajar en el agua todo el día, helado hasta la médula, y todavía le quedaba empujar la balsa hasta la orilla.

Pensó muchas veces que no lo lograría. Con el peso añadido de la bolsa —que parecía pesar más fuera del agua que dentro—, más el hecho de que él se había debilitado considerablemente durante todo el día, la balsa daba la impresión de no avanzar.

Pataleó y braceó y empujó, eligiendo el camino más corto en línea recta hasta la ribera, colgándose de la balsa muchas veces para descansar, y volviendo a la carga de nuevo y agitándose furiosamente una vez tras otra.

Aquello parecía que iba a ser eterno y, cuando sus pies tocaron el fondo por fin y pudo empujar apoyado en el barro y deslizar la balsa entre los hierbajos de la orilla hasta chocar contra la tierra, estaba tan debilitado que ya no pudo resistir más, tuvo que salir a gatas; tan reventado que ni siquiera se dio cuenta de que los mosquitos se estaban abalanzando sobre él como una cenicienta y enrabiada nube.

Lo había conseguido.

Fue cuanto pudo pensar en ese instante. Lo había conseguido, fuera del agua y arrastró la bolsa hasta tierra firme y empezó el largo acarreo —no podía levantarla— por la tierra hasta su refugio.

Durante dos horas, casi tres, estuvo arrastrándose por el suelo y dando traspiés, esperando los mosquitos, a veces a pie, las más de las veces de rodillas, para dejarse caer finalmente sobre la bolsa y dormirse en cuanto ganó la arena en frente de la puerta.

Lo había conseguido.

XIX

Un tesoro.

Riquezas increíbles. No acababa de dar crédito al contenido del equipo de supervivencia.

La noche anterior estaba tan entumecido y exhausto que no pudo hacer otra cosa que dormir. El esfuerzo de todo el día en el agua le había agotado hasta tal punto que, al final, se había quedado profundamente sentado contra la pared del refugio, completamente despreocupado de los mosquitos, de la noche, de cualquier otra cosa. Se había despertado con el engañoso gris del amanecer, en seguida, y empezó a revolver en el equipo para descubrir asombrosas, maravillosas cosas.

Había un saco de dormir —que tuvo que tender por fuera sobre la repisa del techo para que se secara— y una almohadilla de espuma para cabezal. Una reducida batería de cocina de aluminio compuesta por dos sartenes y cuatro pequeñas cacerolas; tenía incluso hasta un tenedor y un cuchillo y una cuchara. Una caja hermética e impermeable con cerillas y dos pequeños encendedores. Un cuchillo de monte con una brújula en el mango. Como si la brújula le fuese a servir de algo, pensó, sonriendo. Un botiquín de primeros auxilios con vendas y tubos, crema antiséptica y unas tijeras pequeñas. Una gorra en la que figuraba en la parte de la frente con grandes letras la inscripción CESSNA. ¿Por qué una gorra?, se preguntó. Era regulable y se la encasquetó de inmediato. El equipo de pesca con cuatro carretes de sedal, una docena de cebos y anzuelos y plomos.

134

Una increíble riqueza. Era como todas las fiestas del mundo, como si todos los cumpleaños se celebrasen allí. Se sentó al sol junto a la puerta donde había caído desplomado por el cansancio la pasada noche y sacó los regalos —así los catalogó— uno tras otro para estudiarlos, darles vueltas y más vueltas a la luz, tocarlos y sentirlos con sus manos y sus ojos.

Algo que en un principio le dejó perplejo. Extrajo lo que a primera vista parecía la separada y abultada caja de un rifle y ya la iba a dejar a un lado creyendo que sería una pieza de algún otro objeto del equipo, cuando al moverla notó que algo sonaba dentro. Después de manipularla un momento, logró desencajar la culata de la caja y dentro estaba el cañón, la recámara y cachivaches de montaje, un cargador y una caja llena con cincuenta proyectiles. Era un rifle de repetición de supervivencia, un 22 —había visto uno igual una vez en la tienda de deportes a la que solía acudir en busca de los respuestos de la bici— y el cañón se enroscaba en la caja del rifle. Nunca había tenido un rifle, nunca había disparado ninguno, pero lo había visto muchas veces en televisión, naturalmente, y, a los pocos minutos, ya sabía cómo montarlo ensamblando las piezas en la caja del rifle, cómo cargarlo y cómo introducir el cargador lleno de balas en el sitio adecuado.

Sintió una extraña sensación cuando sopesó el rifle en sus manos. Hasta cierto punto le despegaba de cuanto tenía a su alrededor. Sin el rifle no tenía más remedio que adaptarse a eso, que ser parte integrante de eso. Con el rifle, de repente, ya no necesitaba saber; ya no tenía por qué asustarse o comprender. Ya no tenía que tener pegado a dos palmos un pájaro atontolinado para matarlo. El fuego se había apagado y empleó un encendedor y un trozo de corteza de abedul y algunas ramillas para prender otro; pasmosa la facilidad con la que encendía, pero una vez más sintió que el encendedor le apartaba de alguna manera del lugar en que se encontraba, de todo cuanto ya sabía. Con una simple llamarada ya no necesitaba saber cómo preparar un nido para las chispas, o cómo avivar nuevas llamaradas para hacerlas aumentar. Igual que le sucedía con el rifle, ya no estaba seguro si deseaba el cambio.

Contradictorio, reflexionó. El equipo resultaba maravilloso pero le infundía sentimientos contradictorios.

Con la fogata en llamas despidiendo un espeso humo negruzco y un crepitar constante que saltaba de un leño resinoso que echó, volvió a centrar su atención en el equipo. Revolviendo mientras buscaba entre los paquetes de alimentos —todavía no los había sacado porque quería dejarlos para el final, un honor que les rindió—, dio con un pequeño aparato electrónico herméticamente encerrado en una bolsa de plástico. Al principio pensó que se trataba de una radio o un magnetófono y deseó que así fuera con toda su alma porque echaba de menos la música, echaba de menos el ruido, echaba de menos escuchar otra voz. Pero cuando abrió la caja y rompió la bolsa de plástico y extrajo el dispositivo aquel y lo observó bien mirándolo por todos lados, pudo comprobar que no se trataba en absoluto de una radio. Había un rollo de cable pegado a un lado con cinta adhesiva que se desenroscó y se convirtió en una larga antena, de una longitud de algo más de un metro en cuanto desprendió la cinta adhesiva. Ni micrófono, ni luces, sólo un diminuto interruptor en la parte superior y, al final, descubrió en la parte de abajo en pequeños caracteres esta inscripción:

Transmisor de emergencia.

Eso era todo. Accionó el interruptor unas cuantas veces hacia adelante y hacia atrás, pero no sucedió nada —ni siquiera se oyeron ruidos parásitos—, así que, al igual que con el rifle, lo dejó apoyado contra la pared y volvió a hurgar en la bolsa. Posiblemente se habría estropeado con el accidente pensó.

Dos pastillas de jabón.

Se había bañado con regularidad en el lago, pero no con jabón y se le ocurrió que sería formidable lavarse el pelo. Churretoso de mugre y suciedad, ennegrecido por el humo, rizado por el viento y el sol, apelmazado por la grasa del pescado y de los pájaros atontolinados, su pelambrera había crecido y le colgaba y se enredaba en una maraña amazacotada y se había convertido en una mata desgreñada en su cabeza. Podía usar las tijeras del botiquín de primeros auxilios para cortarse la melena y después darse una buena jabonada.

Y después, por fin, la comida. Productos deshidratados y preparados al vacío y en tal profusión que, calculó, «con todo esto podría vivir siempre». Sacó paquete tras paquete, preparado de estofado de carne de buey con patatas, preparado de queso y tallarines, desayunos de patatas y huevos, combinados de fruta, combinados para beber, postres surtidos, más comidas y desayunos que los que podía contar, docenas y docenas de ellos todos bien empaquetados en bolsas impermeables, todos perfectamente colocados y cuando tuvo todos ya fuera y colocados en montones junto a la pared, ya no aguantó más y los empezó a coger de nuevo.

Si tengo cuidado, calculó, me durarán tanto que... tanto como yo quiera que me duren. Si tengo cuidado... No. Todavía no. Todavía no voy a empezar a tener cuidado. Primero voy a celebrar un festín. Aquí y ahora mismo voy a preparar una comilona y comer hasta explotar y luego empezaré a ser previsor.

Empezó a dar una nueva pasada por los paquetes de alimentos y escogió lo que le apetecía para el banquete: un plato de carne de buey con patatas para cuatro personas, una naranjada como aperitivo y algo que ponía batido de pera como postre. Únicamente añadir agua, ponía en todos los preparados, y dejar al fuego durante media hora aproximadamente hasta que todo adquiriese su tamaño normal y estuviese hecho.

Brian se encaminó al lago y trajo agua en una de las cazuelas de aluminio. Precisamente eso le dejó estupefacto, poder llevar agua hasta el fuego en una cazuela. Una cosa tan simple y no había podido realizarla durante los dos meses. Calculó las cantidades y puso a hervir el preparado de carne de buey y el postre de pera, luego bajó de nuevo al lago y trajo más agua para mezclarla con el concentrado de naranja.

Era dulce y algo picante —casi demasiado dulce— pero estaba tan buena que no se la bebió de prisa, la mantuvo en su boca y dejó que el sabor penetrara por toda la lengua. Un pequeño hormiguillo en los lados, cambio de atrás adelante, luego abajo, un trago, luego otro.

Esto, pensó, esto es bueno de veras. Bueno de veras. Cogió más agua del lago y preparó otra mezcla y se la bebió rápido, luego otra tercera y se sentó con ella junto al fuego, pero mirando fuera hacia el lago, pensando en el buen olor que desprendía el guiso de carne de buey. Tenía ajo y otras especias y los olores llegaron hasta él y le hicieron acordarse de su casa, de su madre cocinando, los apetitosos olores de la cocina, y en ese preciso instante, con su mente llena de hogar y el olor de la comida envolviéndole, apareció el avión. Se presentó sin previo aviso. Había un leve zumbido, pero como la vez anterior no era muy acusado, luego, de improviso, rugiendo sobre su cabeza a muy baja altura y tras la cresta, una avioneta forestal con flotadores irrumpió en su vida.

Pasó directamente sobre él, a escasa altura, ladeó ligeramente un ala muy cerca de la cola de la avioneta hundida en el lago, redujo la potencia, planeó a lo largo del palo largo de la L del lago, luego giró y planeó de vuelta, rozando suavemente el agua una vez, dos veces, y posándose con una salpicadura y se deslizó y se detuvo mansamente tocando con suavidad la playa frente al refugio de Brian.

No se tuvo que mover. Todo fue tan rápido que no tuvo que moverse siquiera. Todavía se encontraba sentado con la bebida de naranja en la mano, mirando de hito en hito a la avioneta, sin entender todavía nada de todo aquello; sin darse casi cuenta de lo que tenía enfrente.

El piloto cortó el motor, abrió la portezuela, y salió, se balanceó, dio un paso hacia adelante sobre el flotador para saltar a la arena sin mojarse los pies. Llevaba gafas de sol y se las quitó y miró fijamente a Brian.

—Oí tu transmisor de emergencia. Luego vi a la avioneta cuando pasé por encima... —Avanzó despacio, ladeó su cabeza estudiando a Brian—. ¡Maldita sea! Eres tú, ¿verdad? Eres el chaval. Abandonaron la búsqueda, un mes, no, casi hace dos meses. Eres tú, ¿no es cierto? Eres aquel chaval...

Brian estaba de pie ahora, pero todavía en silencio, sosteniendo todavía la bebida. Su lengua parecía habérsele paralizado en el paladar de la boca y su garganta no funcionaba bien. Miró al piloto, y a la avioneta, y a sí mismo —sucio y desharrapado, tostado y flaco y fuerte— y carraspeó para aclarar su garganta.

—Me llamo Brian Robeson —dijo. Entonces advirtió que su estofado estaba preparado, el batido de pera casi a punto—. ¿Quiere comer algo?

Epílogo

El piloto que amerizó tan repentinamente en el lago era un comprador de pieles que estaba organizando los campamentos de tramperos Cree para proyectar las posteriores rutas de compra, atraído por Brian cuando inadvertidamente conectó el transmisor de emergencia y lo dejó funcionando. Los Cree se trasladaban a los campamentos durante el otoño y el invierno para tender las trampas y cazar y los compradores volaban de campamento en campamento en una ruta regular.

Cuando el piloto rescató a Brian, éste había permanecido solo en el lado largo de la L del lago durante cincuenta y cuatro días. Había perdido durante ese tiempo el diecisiete por ciento del peso de su cuerpo. Posteriormente recuperó un seis por ciento, pero prácticamente no tenía grasa acumulada en su cuerpo; su organismo había consumido todos los kilos superfluos y permanecería robusto y delgado durante varios años.

Muchos de esos cambios resultarían luego ser permanentes. Brian había mejorado sensiblemente su destreza para observar lo que ocurría y reaccionar en consecuencia; lo que le duraría toda la vida. Se había hecho más reflexivo también, y a partir de entonces siempre pensaba las cosas antes de hablar.

Comida, toda la comida, hasta la comida que no le gustaba, jamás dejó de sorprenderle. Aún después de muchos años tras el rescate, no dejó de detenerse en las tiendas de alimentación y quedarse estático contemplando las naves atestadas de alimentos, maravillándose de la cantidad y variedad de la que hacían gala.

Tenía muchos interrogantes en la cabeza sobre lo que había visto y conocido, e intentó investigar para encontrar las respuestas cuando estuvo de vuelta, estableciendo la identidad de los componentes de todo aquel entresijo de animales y de bayas. Las cerezas despanzurradas se denominaban cerezas tapón y de ellas se extraía una exquisita mermelada. Los arbustos de nuez donde los pájaros atontolinados se ocultaban eran avellanos en realidad. Las dos clases de conejos eran conejos de nieve y liebres de cola blanca; los pájaros atontolinados eran gallinas de collarín (llamadas también por los tramperos gallinas locas por su bobaliconería); los pececillos eran peces de agalla azul, peces sol y percas; los huevos de tortuga eran puestos por las tortugas mordedoras, como había pensado; los lobos eran lobos del bosque, de los que no se sabe que hayan atacado o molestado a la gente; el castor era un castor.

También le quedaban las ilusiones; le quedaron muchas ilusiones sobre el lago después del rescate. El gobierno canadiense envió un equipo de rescate para recuperar el cuerpo del piloto y enviaron reporteros que evidentemente tomaron fotos y filmaron todo el campamento, el refugio, todo cuanto le rodeaba. Durante cierto tiempo la prensa se ocupó mucho de Brian y fue entrevistado por varias cadenas de televisión, pero el interés obsesivo despareció a los pocos meses. Cierto escritor se mostró dispuesto a escribir un libro sobre la «aventura total» (como la denominaba), pero resultó ser un iluso charlatán y todo se quedó en vacía palabrería. Le regalaron a Brian copias de las fotos y grabaciones y su contemplación pareció provocar sus sueños. No eran pesadillas, ninguno era aterrador, pero algunas veces se despertaba con ellos; sólo se despertaba y se incorporaba sentado y pensaba en el lago, el bosque, el fuego durante la noche, el canto de los pájaros nocturnos, los saltos de los peces; se sentaba por la noche solo y pensaba en ellos y eso no le perjudicaba ni ahora ni nunca posteriormente.

Las predicciones son, en su mayor parte, inútiles; pero podría resultar interesante añadir que si Brian no hubiese sido rescatado en el momento en que fue rescatado, se hubiese visto obligado a pasar el duro otoño, quizá el invierno, y eso le hubiese resultado brutal. Cuando el lago se hubiese helado se habría quedado sin peces, y en el momento en que la nieve hubiese adquirido una altura considerable, habría encontrado serias dificultades para desplazarse. La caza se simplifica en otoño (es más fácil ver sin hojas en la maleza), pero en el invierno escasea y en ocasiones prácticamente desaparece y los predadores (el zorro, el lince, el lobo, el cárabo, la comadreja, el vencejo, el coyote del norte) recorren todos los parajes y arramblan con todo cuanto encuentran. Es soprendente el estrago que un simple cárabo puede efectuar en una concreta colonia de gallinas de collarín y conejos en tan sólo unos cuantos meses.

Tras la inicial sorpresa y dicha de sus padres por recuperarlo vivo —durante una semana dio la sensación de que querían volver a vivir juntos—, las aguas volvieron al cauce de la normalidad rápidamente. Su padre regresó a los campos petrolíferos del norte, a donde Brian acudía a visitarle de vez en cuando, y su madre permaneció en la ciudad, trabajaba en su ocupación habitual y continuó viéndose con aquel hombre en el taxi ranchera de la estación.

Brian intentó contárselo varias veces a su padre, en una ocasión casi estuvo a punto de decírselo, pero al final jamás dijo una palabra acerca de aquel hombre o de lo que sabía, el Secreto.